MARIE NIMIER
DER STRAND

ROMAN

Aus dem Französischen von
Rainer Moritz

K
A
M
P
A

Die französische Originalausgabe erschien 2016 unter dem Titel *La plage* im Verlag Gallimard, Paris. Die deutsche Erstausgabe erschien 2018 im Dörlemann Verlag, Zürich.

Für den Blick hinter die Verlagskulissen:
www.kampaverlag.ch/newsletter

KAMPA POCKET
DIE ERSTE KLIMANEUTRALE TASCHENBUCHREIHE
Gedruckt auf säurefreiem und chlorfrei gebleichtem Papier zur Unterstützung verantwortungsvoller Waldnutzung, zertifiziert durch das Forest Stewardship Council. Der Umschlag enthält kein Plastik. Kampa Pockets werden klimaneutral gedruckt, kampaverlag.ch/nachhaltig informiert über das unterstützte CO2-Kompensationsprojekt.

Veröffentlicht im Juni 2023 als Kampa Pocket

Covergestaltung: Lara Flues, Kampa Verlag
Covermotiv: © César Santillán
Druck und Bindung: GGP Media GmbH, Pößneck / 230130
ISBN 978 3 311 15071 8

www.kampaverlag.ch

»Damit eine Sache interessant wird, genügt es, sie lange genug anzusehen.«

Gustave Flaubert,
Brief an Alfred Le Poittevin, September 1845

I

Wer weiß, was sie sucht? Ob sie vielleicht etwas verloren hat?

Ihre Schlüssel, die Orientierung? Ihre Arbeit, so wie manche den Überblick verlieren?

Verwirrung liegt in der Luft.

Die junge Frau fährt durch die Landschaft, ohne sie eines Blickes zu würdigen. Von einem Meer zum anderen, von einem Ufer der Insel zum anderen, hinten in einem nachtblauen Reisebus. Es geht ihr nicht darum, möglichst viel zu sehen, sie will nur ankommen. Bald, heute Abend, morgen, wird sie an einem verlassenen Strand aufwachen. Und dann wird sie nichts mehr zu tun haben, als zu schwimmen und zu schauen.

Lange schwimmen. Lange schauen.

Während sie darauf wartet, stützt sie die Stirn auf ihre verschränkten Arme und tut so, als ob sie schlafe. Ihr Rücken bildet eine perfekte Diagonale zwischen Sitz und Rückenlehne. Keine Spur von dieser Erschlaffung, die zu den langen Strecken der saisonbedingten Völkerwanderungen gehört. Alles an ihr ist angespannt, sie hat ihre Knie angezogen, die Hände geschlossen und die Daumen darin eingeschlossen, als habe sie Angst, man würde sie ihr entreißen. Alles ist fest verschraubt, eingepanzert.

Was sie hat, ist kein Körper mehr, es ist ein Entschluss. Ein weißes Band, das sich direkt unter dem Kopf über ihre Schultern spannt, unterstreicht ihre Zurückhaltung. Es handelt sich um eine Halskrause aus Baumwolle im Waffelmuster. Ein Halsschmuck, aber nicht zur Zierde. Eine Halskette als Schutz. Der gezerrte Hals, der fahrende Bus, so wird sie ihrem Vater die Fahrt über die Insel beschreiben, zwei widerstreitende Kräfte, die sich zusammentun, um voranzukommen. Die Kilometer ziehen unter ihren Füßen dahin, über den geflickten Asphalt, mehr braucht sie darüber nicht zu wissen. Mehr darüber zu wissen würde sie belasten. Die vom Wind gekämmten Bougainvilleen, die weißen, von der Sonne überfluteten Häuser, die Bienenstöcke, die verwahrlosten Felder, übersät mit Plastiktüten, schnurgerade angelegt die Orangenbäume, die Olivenbäume und die von Kugeln durchlöcherten Straßenschilder – das ist für später.

Dass nur keiner kommt und sie fragt, ob sie Hilfe braucht. Sie bemitleidet und, noch schlimmer, sie tröstet. Oder ihr schöne Ferien wünscht, denn sie fährt nicht in Ferien: sie geht.

Sie geht fort.

Sie ergibt sich, um Frieden zu haben, mit ihrer Halskrause als weißer Fahne.

Sie ist sich nicht mehr sehr sicher, ob sie leben will. Sie will nicht mehr schauspielern, nicht mehr so tun, als würde sie zurechtkommen dank Mut und Selbstverleugnung. Überhaupt nichts mehr tun. Farniente, nichts mehr tun. Die Frau, die junge Frau, die man die Unbekannte nennen könnte, nicht nur weil sie in diesem Land, erst recht in diesem Bus niemand kennt, sondern auch aufgrund ihrer Rolle in dieser Gleichung, die Unbekannte also, im algebraischen Sinn des Wortes, braucht Ruhe. Muss sich zurückziehen.

Was man schließlich von ihr weiß, was sie nach außen zeigt: ein leicht durchsichtiges Baumwollhemd, hautenge Jeansshorts, flache Sandalen nach Römerart mit einem Riemen, der sich hoch um den Knöchel wickelt. Die Haare sind hochgesteckt, mit einem Gummi zusammengebunden. Schwarzes, lockiges Haar, das sich gegen jedes Frisieren sträubt.

Sie hatte eine Jacke, die hat sie auf der Fähre zurückgelassen.

Sie hatte einen Taschenspiegel, Kajal, einen Lippenstift: auch das alles hat sie zurückgelassen.

Die Uhr, ein Geburtstagsgeschenk ihres Vaters,

hat sie an der Anlegestelle auf der Toilette vergessen. Nicht liegen gelassen, nicht zurückgelassen, wird sie mit erhobenem Zeigefinger betonen, vergessen, ein kleiner Unterschied. Als ob das Vergessen etwas anderes als ein Zurücklassen sein könnte - zwei Wörter, die der Abwesenheit ihr materielles Gewicht zurückgeben.

Der Platz neben ihr ist frei. Niemand hat es gewagt, sich zu ihr zu setzen. Niemand wollte stören.

Der Bus fährt durch ein Dorf, das im Herzen der Insel liegt, ein Dorf, das wie alle Dörfer auf dieser Insel ist, die wie alle Inseln ist, Land der Legenden, würde der Reiseführer sagen, von den Dichtern besungen und von den Göttern ständig besucht, und man könnte ihm ewig zuhören, wenn sein Singsang nicht von einem heftigen Bremsstoß unterbunden würde.

Der Faden ist gerissen. Der Kopf der Unbekannten taucht aus ihren Armen auf. Ein bunter Korb fällt aus der Gepäckablage. Sein wenig glanzvoller Inhalt kullert durch die Sitzreihen: Kartoffeln, Zwiebeln, Zahncreme, aufreizende Unterwäsche, gekauft auf dem Markt in der Nachbarstadt. Eine Frau in Leggings geht hinterher, aber niemand schenkt dem Beachtung. Was sich draußen abspielt, ist viel interessanter.

Auf der anderen Seite der Fenster wird geredet, kommentiert. Erschöpfung zeichnet sich auf den Gesichtern ab. Anscheinend hat der dicke Junge aus dem Mini-Market die Straße achtlos überquert, deshalb hat der Bus plötzlich gebremst. Er hält seine Schultasche mit ausgestreckten Armen. Wäre der Fahrer eine Sekunde lang unaufmerksam gewesen, wäre es das für ihn gewesen. Wie sein rundlicher Körper in die Luft geworfen würde, das Geräusch beim Aufprall, seine Bücher, seine Stifte, alles auf der Fahrbahn verstreut … Du lebst, mein Kleiner, du lebst, das müsste man dem Kind sagen und ihm über die Haare streichen, anstatt dass irgendeine Frau ihn ohrfeigt und dann ein Mann, der plötzlich auf den Plan tritt, zu schreien beginnt. Das Kind zerdrückt eine Träne auf seinem Handrücken, als würde es sich einer Mücke entledigen. Man hat ihm beigebracht, nicht zu weinen.

Die Unbekannte spürt, wie sich ihr Magen zuschnürt, sie hat Mühe zu atmen, der Hals drückt ihr die Luftröhre zu. Sie ist der Junge und die Wange des Jungen, die zuschlagende Handfläche, die Vorwürfe des Mannes. Sie versteht das alles. Verstehen, mit sich nehmen, in sich aufnehmen. Ihre Haut dehnt sich, um die Szene zu umschließen. Die Schreie, die Drohungen: erstickt. Der dicke Junge, gut geschützt in ihrem Bauch.

Der Bus fährt wieder an. Sie schließt die Augen wieder. Ein Satz kommt ihr in den Sinn, gesprochen von einer männlichen Stimme: Sie können die Faust öffnen. Und: Drücken Sie fest auf die Kompresse. Dann öffnet sie die Faust. Drückt fest auf ihre Ellbogenbeuge. Hat den Eindruck, dass der Finger sich gleich in ihren Arm bohren wird, bis er gegen das Gelenk stößt. Ein deutliches Bild: zuerst höhlt sich die Haut unter dem Druck des Nagels aus, dann wirft sie Falten, wie ein Bauchnabel. Danach weichen die Zellen, und der Daumen strebt ins Innere, ohne einen besonderen Schmerz auszulösen.

Diese Woche wird sie das Blutspenden verpassen. Das wird das erste Mal in zehn Jahren sein. Der Rot-Kreuz-Wagen hält alle zwei Monate auf dem Parkplatz vor dem Atelier. Sie nutzt die ruhigen Zeiten, um allein im Wagen zu sein. Sie mag es nicht, vor anderen Blut zu spenden, als ob das ungehörig wäre. Unzüchtig.

Bei ihrem letzten Besuch, kurz vor ihrer Abreise, hat sie vorgeschlagen, eine doppelte Menge zu spenden, da sie eine seltene Blutgruppe hat, die womöglich Leben retten kann, wie auf dem Hinweisschild am Eingang des Wagens zu lesen ist. Man hat ihren Vorschlag abgelehnt. Sie hat insistiert, doch man hat behauptet, sie würde das Bewusstsein verlieren.

Und wenn es genau das wäre, was sie wollte: das Bewusstsein verlieren? Dieses Verlangen ist nicht neu, sich auszuleeren und dabei alles zu löschen. Alles, und vor allem die Erinnerung an den ganz weißen Körper ihrer Mutter, der auf dem Totenbett ausgestreckt lag.

Ihre Mutter, 0 Rhesus negativ, wie sie - so steht es in ihrem Patientenausweis. Die Tür zum Zimmer ist halb geöffnet. Mit ihren erst vier Jahren soll sie nicht hinsehen, aber sie sieht trotzdem hin, und genau dieses verbotene Bild wird immer in ihrem Gedächtnis eingegraben bleiben und alle anderen in den Hintergrund drängen: ein weißer Körper, den jemand geduldig und systematisch wäscht, unter den Armen, zwischen den Beinen - und mit demselben Waschlappen hinter den Ohren, unter der Nase.

Das schockiert sie - nicht, dass ihre Mutter von ihr gegangen ist, wie man so sagt, sondern dass man sie zwischen den Beinen und unter der Nase mit demselben Waschlappen säubert.

Eine weitere Erinnerung lässt sie während ihrer Fahrt über die Insel nicht mehr los: Genau in dem Moment, als sie den Lastwagen verlässt, steckt der

Krankenpfleger ihr eine Handvoll kleiner, mit rotem Wachs überzogener Käse in die Tasche. Er hat wohl geglaubt, dass sie zweimal Blut spenden wollte, um eine doppelte Imbissportion zu bekommen. Hat sie so bedürftig ausgesehen?

Nichts als das Wort: *Imbiss.* Wichtig für sie, die Wörter. Was sie vordergründig sagen und was sie alles hinter sich herschleifen, wie diese Blechdosen, die man Frischverheirateten ans Auto hängt - einfacher Imbiss, schneller Imbiss, verdient oder wohlverdient … Es gibt welche, die nur deswegen kommen, macht sich der Atelierchef lustig. Sie kommen wegen des Orangensafts, wegen der Löffelbiskuits oder wegen des Americano, aber auch und vor allem - das denkt die Unbekannte und das streicht keiner je heraus - kommen sie der Anerkennung wegen, um sich nützlich zu fühlen. Wenn man ihr Blut akzeptiert, dann zählen sie noch etwas. In ihnen ist nicht alles verfault.

Die Unbekannte sieht sich wieder, wie sie unter der Platane des Parkplatzes sitzt, dem Lastwagen gegenüber. Sie hat die Käsekugeln aus ihrer Tasche geholt und wie Zwiebeln auf der Bank aufgereiht. Sie stehen Schlange, um ausgewickelt zu werden. Der Striptease beginnt. Das Zellophan abstreifen, das Papier falten, dann an der Lasche ziehen, die die Schale in zwei Hälften teilt. Der Käse kommt zum Vorschein. Er ist perfekt, rund wie eine Hostie. Er riecht nach nichts. Oder vielleicht doch schwach säuerlich, der Geruch eines Säuglings.

Der Krankenpfleger, der hinter dem Vorhang des Wagens abgetaucht ist, sieht ihr beim Essen zu. Er mag sie sehr, das ist offensichtlich, doch er ist nicht nach ihrem Geschmack. Zu anhänglich. Und dennoch bleibt sie auf der Bank sitzen, um ihre Käse vom Roten Kreuz zu essen, diese Käse, die ihrerseits an den Zähnen hängenbleiben, als ob der Krankenpfleger in die Wachsschale hineingeglitten wäre, um direkt in ihren Mund zu gelangen, ohne jedes Vorspiel.

Hinter dem Vorhang bewegt sich etwas hin und her. Um zu verhindern, dass das Blut gerinnt, muss man den durchsichtigen Beutel bewegen. Diese langsame, sich wiederholende und eigentlich recht sinnliche Bewegung ist faszinierend. Die Trägheit des Blutes. Seine Dickflüssigkeit. Das regelmäßige Schütteln. Man hätte das Gleiche mit ihrer Mutter machen müssen, ihr auf einem Karussell den Gurt anlegen und sie mehrmals hin und her kippen, den Kopf nach unten, den Kopf nach oben, damit sie wieder Farbe annimmt. Weiß, so weiß, wo der Handschuh über sie fährt, das dunkle Büschel zwischen den Beinen, die braunen Locken auf dem Kopfkissen, die Brüste, die schwer auf den Brustkorb zurückfallen … und dann nichts mehr. Keine Träne, kein Kranz. Die Unbekannte kramt in ihrem Gedächtnis, man versichert ihr, sie sei auf der Beerdigung gewesen: Der Schmerz hat alles ausgelöscht. *Sie können die Faust wieder öffnen* …

Fünf eingepackte Wirbelknochen auf vier Rädern durchqueren das Landwirtschaftsgebiet. Genau vor ihnen kündigt sich ein steiler Anstieg an. Der Bus fährt in Zeitlupe hinter einer Ansammlung schwankender Hühnerkäfige her, die in einem Viehtransporter aufeinandergestapelt sind. Beim Überholen des Gefährts betrachten die Fahrgäste die Hühner und die Hühner die Leute. Der Bus nimmt jetzt wieder seine Reisegeschwindigkeit auf. Der Fahrer hat die Lautstärke des Radios heruntergedreht. Die Gespräche verebben, die Straße gewinnt die Oberhand. Dann drängen sich der Unbekannten andere Sätze auf, Sätze, deren Absurdität sie ermisst, Sätze wie *Morgen früh muss ich spät* oder *Ich habe meinen Donnerstag genommen, um den Brückentag zu bekommen.*

Sie vertreibt sie aus ihrem Kopf, ersetzt sie durch Zahlen.

Sie zählt, um den frei gewordenen Platz zu besetzen.

Sie will die Zukunft hinter sich lassen. Den teigigen Krankenpfleger, den Mangel an Perspektiven, die Hindernisse und dieses Gefühl, einem Nichts hinterherzulaufen. Mit einem festen Handgriff schnallt sie ihre Halskette enger wie als Kind ihren Motorradhelm. Er war zu groß, ihr Vater hatte ihn mit Zeitungspapier ausgekleidet, aber das reichte nicht aus. Er war sich nicht über die Gefahr im Klaren. Wichtig war für ihn, nicht an den Haaren seiner Tochter zu ziehen, wenn er ihr den Helm aufsetzte. Ihr Vater hatte immer ungewöhnliche Prioritäten gesetzt. Er konnte ohne erkennbaren Grund Kilometer um Kilometer die Stadt umkreisen. Er ergriff jeden Vorwand, um aus dem Haus zu gehen, selbst in der Nacht ging er fort, vor allem in der Nacht, aber morgens, wenn sie aufwachte, war er immer da.

Was fängt er heute mit seinen Tagen an, wenn sich der Sommer ankündigt?

Sie schluckt ihren Speichel hinunter. Es scheint ihr unmöglich, dass ihr Vater regungslos in einem Zimmer von neun Quadratmetern bleibt. Und doch tut er es. Auch davon will sie loskommen. Von dieser unbegreiflichen Umkehrung der Dinge.

Das ist nicht außergewöhnlich. Sie hat oft Nackenschmerzen, wie ihr Vater Kopfschmerzen. Steifer Hals gegen Kopfschmerzen. Sie hat immer geglaubt, dass sie ihre Schmerzen geerbt hat, sie sind eine Stufe tiefer gerutscht. Wenn sie einmal ein Kind hat, muss sie auf seine Bronchien aufpassen. Letztlich, sagt sie sich, habe ich Glück. Der Nacken, ein kleineres Übel.

Ein Übergangsübel.

Ein süßlicher Geruch durchströmt den Bus. Auf der anderen Seite des Gangs schält ein alter Mann eine Orange für seinen Enkel. Seine kräftigen Fingernägel graben sich in die Schale, das Fruchtfleisch ist eingerissen, der Saft läuft zwischen seinen Fingern Richtung Handgelenk und der Mann leckt ihn sofort auf, um nichts davon zu vergeuden. Bernsteinfarbene Tropfen bleiben an seinem Schnurrbart hängen. Er holt ein Tuch aus seiner Tasche, wischt sich den Mund und legt es, Bügelfalte auf Bügelfalte, wieder zusammen. Angezogen durch den Geruch hat die Unbekannte den Kopf gehoben. Der alte Mann schnappt ihren Blick auf.

Beide bleiben sie sitzen, miteinander verbunden, ohne sich zu bewegen.

Er senkt als Erster die Augen, um ein Orangenviertel herauszubrechen, das er ihr reicht, einige Worte in einer Sprache verlierend, die sie nicht versteht. Sie lehnt höflich ab, indem sie ihm die offene Handfläche entgegenhält, nicht waagerecht, sondern senkrecht aufgerichtet, mit angewinkeltem Handgelenk, als errichte sie zwischen ihrem Körper und dem des alten Mannes eine Absperrung. Eine geschlossene Tür. Sie fühlt sich nie sehr wohl, wenn man ihr ein Geschenk anbietet. Sie hat immer Angst, anmaßend zu sein, ihm nicht gerecht zu werden, es nicht zu verdienen. Angst, dass der andere dabei ein Opfer bringt, doch der alte Mann insistiert, legt das Orangenviertel in die Hand seines Enkels. Er schiebt ihn in den Gang. Der Junge droht das Gleichgewicht zu verlieren, beugt sich zu der Unbekannten hinüber, beinahe fällt er, sein Großvater hält ihn am Gürtel zurück. Wie soll man seinem Lächeln widerstehen? Ihn zurückzuweisen wäre unangebracht. Sie nimmt das Viertel zwischen Daumen und Zeigefinger. Der Orangengeschmack explodiert in ihrem Mund. Seit Langem hat sie nicht mehr so etwas Gutes gegessen.

Der Bus schaltet in den ersten Gang zurück, er tut sich schwer, die Steigung zu schaffen. Bald wird der Gestank von verbranntem Gummi den Orangengeruch überlagern, er wird stärker werden, in alle Winkel eindringen, bis er vom ganzen Bus Besitz ergreift. Der Geschmack wird sich am Gaumen noch ein wenig halten, dann die Erinnerung an den Geschmack und dann bleibt nichts mehr als eine Faser zwischen den Zähnen, die man mit der Zungenspitze herauszulösen versucht.

Mit zunehmendem Tag wird es heiß, sehr heiß. Die Reisenden klagen, als wäre das nicht seit jeher ihr Schicksal, diese Hitze, wenn der Sommer kommt.

Als wäre das jedes Mal nicht nur eine Überraschung, sondern ein persönlicher Angriff.

Mit allem, was man in den Händen hat, fächelt man sich gereizt Luft zu. Die Augenbrauen ziehen sich zusammen. Man pustet in seinen Halsausschnitt. Die Männer rollen ihre T-Shirts hoch bis unter die Arme, legen ihren Bauch frei. Eine gut vorbereitete Reisende hat aus der Stadt einen Handventilator mitgenommen, der wie eine Margeritenblüte aussieht; die Blütenblätter bilden das Rad vor ihrem Gesicht. Ihre Stirn verrät kein Anzeichen von Feuchtigkeit, sie ist die Königin des Busses. Das Elektrozepter fest in ihrer Hand, regiert sie das Volk der Schwitzenden, das sie hin und wieder mit einem gönnerhaften Blick bedenkt. Meine kleinen Feuchttücher, scheint sie zu sagen, meine armen Babys, Mama wird euch umziehen, wenn wir ankommen.

In der Absicht, sich der Welt um sie herum zu entziehen, ist die Unbekannte in sich zusammengesunken. Zwischen dem Kragen der Tunika und der Halskrause zeigt sich eine helle Hautsichel. Ihr Rücken hat sich gerundet. Er drückt nicht mehr Härte, Unverfrorenheit, verblendeten Mut aus. Er erzählt von Verzicht. Der alte Mann sieht sie gerührt an. Das Kind schläft auch, den Kopf auf die Knie gelegt.

Als der Bus seine Endstation, ein brandneues Wartehäuschen mit Meerblick, erreicht, steht die Sonne immer noch hoch am Himmel. Die letzten Fahrgäste machen sich bereit zum Aussteigen. Ein Straßenhändler empfängt sie und schlägt auf ein Tamburin. Er verkauft Plastik-GIs, die sich auf Ellbogen anschleichen, Kuchen, Süßigkeiten, Getränke. Mit einer vorsichtigen Bewegung legt die Unbekannte die Halskrause ab und fährt mit der Hand über ihren Nacken, den Kopf langsam von rechts nach links drehend: sie hat fast keine Schmerzen mehr. Mit jedem Kilometer ist der Schmerz verblasst.

Er ist gefallen, wie das Fieber fällt.

Die Unbekannte kauft Wasser und ein sternförmiges Gebäck. Der Straßenhändler möchte ihr gern mehr verkaufen, er führt sie durch seinen Stand, spricht in einem notdürftigen Englisch. Nein, sie will keinen Plastik-GI und auch keine Puppe, die weint, wenn man ihr auf den Bauch drückt. Nein, sie hat keine Kinder. Nein, sie kommt nicht zum ersten Mal hierher, vor zwei Jahren war sie schon mal da.

Vor zwei Jahren war die Endstation durch nichts gekennzeichnet. Der Bus hielt irgendwo auf einer Fläche abseits des Dorfes. Sie war mit einem Freund da gewesen, ihrem damaligen Freund, ein Reisender mit dünnen Lippen, der sie überredet hatte, ihn zu begleiten, sie, die Sesshafte. Sie waren viel im Kreis herumgelaufen, hatten Gatter geöffnet und wieder geschlossen, ehe sie den Zugang zum Meer fanden. Der Reisende hatte vor ihrer Abfahrt den Ort auf der Karte ausfindig gemacht, diese lange Reihe von Stränden ohne Namen. Von der Taverne, die auf der Strecke markiert war, musste man vier oder fünf Kilometer rechnen. Von der Bushaltestelle aus vielleicht noch drei mehr.

Die Unbekannte geht, einen karierten Stoffhut bis in die Augen gezogen, einen schattenlosen Weg entlang. Ihr wäre eine Kappe lieber gewesen, zumindest etwas Einfarbiges, aber sie hatte im letzten Moment nur das im Schrank gefunden: den karierten Stoffhut ihres Vaters. Sie hatte sein Futter betrachtet, als ob sie damit rechnen würde, darin eine Botschaft zu entdecken. Als sie zur Klassenfahrt aufbrach, kennzeichnete ihr Vater ihre Kleider mit eingenähten Etiketten. Er sagte, dass Bügeletiketten keinen Pfifferling wert seien. Die unregelmäßige Naht erschreckte sie ein wenig, wie schiefe Zähne rund um ihren Namen.

Ihr Vater hatte nie wieder geheiratet. Seine Tochter beanspruchte zu viel von seiner Zeit. Zu viel Zeit in seinem Herzen, zu viel Sorgen auch. Sorgen, die er nicht zu teilen beabsichtigte.

Er wollte sie ganz für sich.

Alles lag bei ihm, die Mittelohrentzündungen, die Windpocken, das Unterschreiben der Schulzeugnisse – später die erste Regel, der steife Hals.

Nach dem Schild, das die Taverne ankündigt, muss man nach rechts gehen und dann in die Schluchten abbiegen. Der Rucksack ist nicht schwer, genauer gesagt: nicht zu schwer. Beim Aufbruch hat Überstürzung geherrscht, beim Packen hat sie Maß gehalten. Mit leichtem Gepäck reisen. Reisen, um sich frei zu machen. Im Rucksack befindet sich trotzdem: ein Spiralheft, um Tagebuch zu führen wie früher, Müsliriegel und Schlafmittel, Bücher, Kleidung, ein Schlafsack, eine Trinkflasche, ein Schweizermesser, eine Taschenlampe und mehrere Paar Schuhe. Ihre Musik und ihre Fotos sind auf dem Telefon gespeichert, sie hat das Ladegerät und die Kopfhörer nicht vergessen, aber die sind unten im Rucksack, sie hat sie noch nicht hervorgeholt.

Sie denkt wieder an die entstellten Hände des alten Mannes. An seine gegerbte Haut. Sie fragt sich, ob ihr Vater lang genug leben wird, um Falten zu bekommen, die sich wie Fächer um die Augen legen. Sie hat es nicht geschafft, ihn vor der Abreise zu besuchen. Zu schmerzvoll. Zu kompliziert. Zu viel Zeit nachzuholen. Sie haben sich zwei Jahre nicht gesehen, seitdem sie von ihrer ersten Reise zurückgekehrt ist. Zwei lange Jahre, um den Moment des Wiedersehens hinauszuschieben. Und er tut nichts, um es ihr leichter zu machen. Sicher will er für sie der zeitlose Vater bleiben, der auf seinem Motorrad rast. Sie wird ihm schreiben, ja. Dieser Gedanke richtet sie auf. Der Gedanke, ihm zu schreiben, selbst wenn er nie auf ihre Briefe antwortet. Das ist nicht schlimm, sagt sie sich, ohne es zu glauben, das Wichtigste ist, sich weiterhin bei ihm zu melden.

Natürlich ist das schlimm.

Kleine Steine rollen unter ihren Füßen, sie wechselt die Schuhe.

Eine Heuschrecke begleitet sie, macht ein Geräusch, als würde jemand Papier zusammenknüllen, ihre Fühler ausgestreckt wie eine Balancierstange. Ein Stück weiter quert eine Ameisenkolonne ihren Weg. Jeder Einzelne scheint unsicher, in welche Richtung es gehen soll, aber alle zusammen wissen doch, wohin. Ein Brummen kommt auf. Die Unbekannte hebt die Augen. Entlang der Hügel stehen Windräder, die sich träge drehen. Woran nur dachte die Frau mit dem Ventilator? Sie trug auf ihren Lippen das Lächeln derjenigen, die zu ihrem Geliebten gehen.

Klingt das Wort abrupt in anderen Sprachen genauso abrupt? Der Pfad zu den Schluchten ist unwegsam. Die Unbekannte geht langsamer. Ihr Rücken ist schweißgetränkt, der Schmerz holt sie wieder ein. Angst auszugleiten, den Abhang hinunterzustürzen, Angst, dass ihre Beine plötzlich versagen, dass sie ganz schlaff werden. Die Sonne lastet auf ihren Schultern. Ihr ist schwindelig. Sie müsste trinken, etwas essen, anhalten, aber eine unbekannte Kraft treibt sie weiter. Nie ist es der richtige Ort, der richtige Augenblick, es ist, als fürchtete sie, man würde sie überraschen, als täte sie etwas Böses, aber ich mache nichts Böses, protestiert sie, ich bin nicht die Schuldige, ich muss damit aufhören. Und außerdem kommt hier niemand vorbei. Unterhalb der Taverne gibt es einen leicht zugänglichen Strand, die Urlauber machen sich nicht die Mühe, die Schluchten zu durchqueren, um baden zu gehen.

Der Magen der Unbekannten knurrt, in langgezogenen Sequenzen, die in einem hohen Ton enden. Ich habe als Kind schlecht gegessen, hatte sie einmal zu einem Kollegen gesagt, der sie zum Abendessen eingeladen hatte. Anstelle von Lebensmitteln kaute ich an meiner Mundhöhle.

Der Kollege hatte gelacht, er fand das sehr lustig, diese Art, an seinem Mund wie an Fingernägeln zu kauen. Sie hatte ihn sitzen lassen, vor seinem blutigen Entrecôte.

Bis heute hat sie diesen Tick beibehalten, wenn man das einen Tick nennen kann und nicht eher eine unbedenkliche Angewohnheit: zwischen den Schneidezähnen Fleischkügelchen zu fassen, an denen man herumknabbern kann. Genau das macht sie jetzt, als ihr das Bild des Kollegen in den Sinn kommt. Indem sie an ihrem Mundinneren herumbeißt, verspeist sie ihn und sein deplatziertes Lächeln. Der Rhythmus ihrer Schritte wird schneller. Sie hat ihn aufgenommen, ihn sich einverleibt und ihn so in Treibstoff verwandelt.

Endlich ist sie dazu bereit, sich im Schatten eines Johannisbrotbaums hinzusetzen. Isst das Sterngebäck, trinkt Wasser. Als alles gut verstaut und sie bereit zum Aufbruch ist, richtet sie endlich die Augen auf das, was sie umgibt. Die Landschaft überwältigt sie. Sie wusste, dass es hier schön ist, daran erinnerte sie sich, aber das war nur ein Wort. Das Wort des Reisenden. Heute ist es an ihr, das Wort zu ergreifen. Selbst ohne zu sprechen, in der für sie typischen Art, stimmlos zu bleiben, ergreift sie das Wort. Sie hat niemals etwas gesehen, was so …

Sie stammelt. Etwas beschreiben, das kann sie nicht mehr.

Sie kann die Farben aufzählen. Sie kann die Formen, das Aussehen, die Materialien benennen. Mit dem Zeigefinger die drei Linien des Bergkamms zeichnen.

Sie kann sich vorstellen, wie das Wasser von den Gipfeln herunterkommt, einen Durchlass erzwingt, bis es schließlich eine Kluft bildet, die zum Meer führt.

Sie kann sich Adjektive ausdenken (grandios, prächtig, herrlich). Was für ein Quatsch. Es gäbe auch: streng, unwirtlich. Mächtig. Oder nein, nicht mächtig, denn das Ganze ist fragil, weitgehend erodiert. Nicht mächtig: beeindruckend.

Die Berge zeichnen sich vor einem makellosen Blau ab. Sie kann versichern, dass kein Flugzeug den Himmel teilt, keine Wolke ihn verdeckt, aber sie hat Schwierigkeiten, die Schönheit wiederzugeben. Sie wird Zeit brauchen, ihre Erregung zu bezähmen. Mit klopfendem Herzen wird sie ihrem Vater alles von diesem besonderen Augenblick erzählen können.

Von dem Augenblick, da sie versteht, dass sie existiert, allein, der Natur zugewandt.

Von dem Augenblick, da sie versteht, dass die Landschaft stärker ist als sie. Dass sie auf der anderen Seite weitergeht, dass sie ständig in Bewegung ist, vor ihrer Geburt, nach ihrem Tod. Dass sie nicht zu fassen ist. Oder unerschöpflich. Das Gegenteil von Stillstand.

Die Sätze, die sich aufdrängen (sie sucht noch danach), tropfen auf die Landschaft herunter, erklären aber nichts von ihrem tiefen Wesen. Unterm Strich muss man damit leben, ohne Getue. Die Erdbeben, die Ausbrüche, die Erdrutsche, die Grobheit der Menschen: *damit leben*. Es ist nur eine Verbindung, deshalb tun sich die Adjektive schwer, es zu bezeichnen. Verbindung, Zusammenführung, Fluss, Verkettung. Nicht auf den äußeren Anschein zu reduzieren, nicht auf das, was durch die Augen eindringt.

II

Am Ausgang der Schluchten tut sich ein erster Strand auf.

Ein Strand ohne Urbanität, ein Meer ohne Surfbretter und Fischerboote, ein Meer für sich, das Meer, so könnte man fortfahren, wie man die Hoffnung oder die Wahrheit sagt, klar, befreit von allem nützlichen Ritual, von jedem Hinweis auf Tourismus.

Keine Kabine, kein Sonnenschirm, auch keine Schwimmer, keine spitzen Schreie, kein Entschuldigen Sie, dass der Ball …

Nichts zu kaufen, nichts zu verkaufen, sagt sich die Unbekannte und fügt dem Katalog der negativen Sätze einen neuen Eintrag hinzu. Aufzählen, was nicht ist, um sichtbar zu machen, was ist, durch ein Ausschlussverfahren zu Werke gehen: das hat sie von ihrem Vater gelernt.

Kein Geruch von Sonnencreme, keine in Ehren zu haltenden Bräuche, keine zu ertragenden Menschenmengen.

Ein Strand am Sommeranfang, wie man ihn sich

erträumt – das ist es, was ihr helfen sollte, wieder auf die Beine zu kommen.

Das sollte ihr helfen, wenn sie nur das Meer lieben würde. Aber die Unbekannte liebt das Meer nicht. Wenigstens nicht sonderlich. Sie findet es eindeutig überschätzt. All das Flüssige überall, das geht, das kommt, das hält in ihren Augen viele Unannehmlichkeiten bereit.

Mit dreizehn Jahren hat sie das Meer zum ersten Mal gesehen, sicher ein wenig spät, um es in ihre innere Kartografie einzubauen. Ihre ganze Kindheit über hatte ihr Vater sie von den Küsten ferngehalten, als wollte er sie vor einem schlimmen Schicksal bewahren. Sie hatte Filme gesehen, Fotos natürlich, denen man schwerlich entkommen konnte, aber nichts, was dem Strudel der widersprüchlichen Empfindungen ähnelte, den sie erlebte, als sie das Meer entdeckte. Am liebsten hätte sie alles in Bausch und Bogen zurückgewiesen, das Möwengeschrei, die Quallen, die klebrigen Algen, die gewaltigen Wellen, die Vorstellung zu ertrinken und diesen Mann im Hawaiihemd, der sie anzüglich ansah, als er den Sand mit seinem Metalldetektor absuchte. Sie hatte darauf bestanden, den August wie gehabt mit ihrem Vater in den Vogesen zu verbringen. Sie brachen zu langen Touren auf, schliefen in Zelten oder Schlafsälen, die nach Holz und Schweiß rochen. Sie pflegten ihre Gewohnheiten, hatten ihre bevorzugten Unterkünfte. Sobald sie alt genug zum Arbeiten war, fand sie Gelegenheitsjobs, um sich etwas Taschengeld zu verdienen, und ließ den Gedanken, Ferien zu machen, in der Versenkung verschwinden.

Zu ihren Erfahrungen, so gering sie sein mochten, kamen die Erzählungen von Kollegen aus dem Atelier hinzu, vor allem von Frauen, die braungebrannt aus dem Badeurlaub zurückkamen, mit gespannter Haut und Telefonen voller Fotos von sich und ihren Sprösslingen.

Die Unbekannte mag also das Meer nicht besonders, aber sie schwimmt gern - besonders am Abend, in der städtischen Badeanstalt, geschützt von Glasfenstern. Besser noch: eingegrenzt. Hier stört sie, dass das Wasser kein Ende zu haben scheint. Die Horizontlinie dehnt sich wie mit dem Lineal gezogen - das Auge sucht Zuflucht bei der Geometrie, aber der Geist findet keine Ruhe.

Die Unbekannte braucht Geländer, wenn sie schwimmt, gekachelte Ränder.

Warum also ist sie ausgerechnet hierhergekommen? Der Reisende und sie hatten in einer Höhle miteinander geschlafen, am anderen Ende des letzten Strandes. Diese Stelle zieht sie an. Dieser Ort fehlt ihr, als ob er ein Geheimnis enthalte, das sie einmal kannte, aber vergessen hat. Vielleicht will sie die zwei Jahre auslöschen, die seither vergangen sind, düstere, einsame Jahre. Und warum sich dann rechtfertigen? Niemand wird ihr diese Frage stellen außer sie selbst.

Dort muss sie sein, dort geht sie hin.

Ein Fels, der die Form eines Schulterblatts hat, trennt die beiden ersten Strände. Ziemlich hoch und sehr dünn ist er, und man fragt sich, wie er standhält. Drei andere Steingebilde mit scharfem Profil graben sich ins Meer, in absteigender Reihenfolge, drei Brüder mit Zuckerhüten. Drei bis zu den Zähnen bewaffnete Räuber.

Der Sand glänzt silbern, er ist ziemlich fest, durchsetzt mit runden Steinen und Muschelscherben. Als die Unbekannte auf den Schulterblattfelsen steigt, schrammt sie sich den Knöchel auf, eine sehr deutliche Schnittwunde, deren Ränder sie zusammendrückt. Das Blut will nicht herausquellen, es ist nur ein Kratzer, sie ist beinahe enttäuscht. Auf der anderen Seite ist der Sand heller. Sie hängt ihren Rucksack an den obersten Zweig einer kümmerlichen Tamariske, einer Überlebenden heftiger Stürme, und zieht sich aus. Entledigt sich windend ihrer Shorts, faltet sie zusammen, wickelt ihr Hemd um ihre Turnschuhe.

Dreht den Kopf nach rechts, nach links, ihr Hals ist tatsächlich nicht mehr steif. Die Erschütterungen der Fahrt hätten eigentlich eher den Schmerz verstärken müssen, als ihn zu lindern. Ein Rätsel. Nicht danach fragen. Es als positives Zeichen nehmen, das der Hals ihr sendet, eine kleine Botschaft der Versöhnung. Slip und BH landen bei ihren übrigen Kleidungsstücken.

Sie geht Richtung Wasser, so natürlich wie möglich. Die Nacktheit hat etwas Künstliches, sie fühlt sich unbeholfen, verstrickt, unbehaglich, weil sie keine Kleider anhat. Vor allem ihre Brüste sind sperrig. Sie hätte es lieber, dass sie in ihrem Oberkörper verschwinden, dorthin zurückkehren würden, aber man kann seine Brüste nicht wie seinen Bauch einziehen - allerhöchstens den Rücken krümmen.

Die Unbekannte sehnt sich nach ihrem Mädchenkörper.

Wenn sie Fotos von sich aus dieser Zeit sieht, findet sie sich hübsch. Sie ist sogar ein wenig verliebt in dieses Mädchen, das sich ohne jede Scham beim Baden fotografieren lässt. Sie nimmt ihm übel, sie verlassen zu haben. Das sind die einzigen Bilder von sich, die anzusehen sie in der Lage ist, die Bilder aus ihrer Kindheit, die anderen gefallen ihr nicht. Mit ihren Brüsten hatte sie bei den Jungen immer viel Erfolg, aber sie findet sie zu ausladend für ihren schmalen Rücken. Dementsprechend: keine Hüften, lange Beine – ohne Verbindung zur oberen Hälfte. Mit ihren Augen und Haaren übt sie noch am ehesten Nachsicht, wenngleich ihre kräftigen Locken ihr zu schaffen machen. Im Sommer rieb ihr Vater ihr die Haare vor dem Waschen mit Olivenöl ein, so, sagte er, habe es seine Frau gemacht. Von ihr sprach er nicht oft. So wenig wie möglich. Einmal hatte er versucht, mehr von ihr zu erzählen, aber die Kleine hatte sich die Ohren mit den Händen zugehalten. Sie wusste sehr gut, was sie nicht hören wollte. Kinder haben eine gute Intuition.

Das erste Bad also. Es fängt nicht gut an. Sie rechnet damit, fortgerissen zu werden: Das Wasser ist lauwarm, ölig, die Wellen kraftlos. Das Meer fühlt sich weich an, müde, könnte man sagen. Sie hat ein wenig Schaum von der Gischt in den Mundwinkeln, bläst ihn weg mit einem dünnen Lied, mit dreizehnsilbigen Alexandrinern. Die Unbekannte geht weiter, bückt sich, macht sich bis zur Hüfte nass. Noch ein Schritt und sie wird hineintauchen, endlich wird sie hineintauchen, bis ihr bewusst wird, dass sie vergessen hat, den Hut des Vaters abzulegen. Vor sich hin tropfend geht sie an den Strand zurück und sucht einen Stein, um ihn zu beschweren. Papa unter einen

Stein klemmen, sagt sie sich, ihn zwingen, mir nah zu bleiben. Nicht bewegen, verstanden? Sie braucht ihn, um sich vor der Sonne zu schützen.

Was Steine betrifft, hat sie die Qual der Wahl, und genau das bringt sie in Verlegenheit.

Sie sind ganz unterschiedlich, und dennoch alle geeignet, die Aufgabe gleichermaßen wirkungsvoll zu erfüllen.

Warum diesen nehmen und nicht den daneben?

Hat die Natur ein Bewusstsein für diese Art Ungerechtigkeit?

Die Unbekannte schaltet die Fragen aus, steckt den Hut in die Seitentasche ihres Rucksacks und nimmt ihren scheinbar lässigen Gang zum Meer wieder auf. Keine Tasche, um die Hände hineinzuschieben, kein Gummiband, das festzuzurren wäre … Sie wird Zeit brauchen, um sich an das Nacktsein zu gewöhnen. Wenn sie anfängt sich daran zu gewöhnen, wird sie sich aus einem Grund, den sie noch nicht kennt, wieder anziehen müssen.

Jetzt schwimmt sie erst einmal mit langgezogenen, regelmäßigen Armstößen, wie im Schwimmbad, zwanzig Mal hin und her. Das Wasser ist klar, am Grund von einem milchigen Beige, das durchzogen ist von aneinandergereihten durchscheinenden Algen. Dicke Würste stören hier und dort deren schöne Ordnung. Pflanzen? Tiere? Man müsste sie berühren, sehen, ob sie sich davonmachen, ob sie ausspucken, sich vergraben, zusammenziehen. Sie ignoriert das lieber. Dreht sich auf den Rücken, treibt ab, denn eine Strömung kommt auf, obwohl die Wellen offensichtlich so kraftlos wirken.

Dass ihre ganze Haut ohne jedes hindernde Kleidungsstück mit dem Meer in Kontakt kommt, macht sie schließlich glücklich. Das Wasser gleitet bei jeder Beinbewegung zwischen ihren Schenkeln durch. Nackt verändert ihr Körper seine Proportionen. Die Arme wirken sehr lang, viel nützlicher als an Land und viel muskulöser. Sie hängen an ihrem Rücken, oberhalb der Schultern. Die Brüste sind auch Teil der Arme, sind keine Auswüchse mehr, die sie stützen muss, kein sperriges Paket, dem die Männer begehrliche Blicke zuwerfen.

Sie streckt sich. Sie fühlt sich gut. Grund genug, an ihren Vorurteilen gegenüber dem Schwimmen und dem Meer zu zweifeln. Als sie das letzte Mal ins Schwimmbad gegangen ist, hat sie eine Unterhaltung in der Nachbarkabine mitbekommen. Ein Vater sagte zu seiner Tochter, sie solle sich am ganzen Körper abtrocknen, bis in jede Ecke. Kein unangebrachtes Wort, nur ein Rat, den jeder hätte geben können, aber sie fühlte sich sehr unbehaglich, sodass sie aufs Schwimmen verzichtete.

Eine riesige Lust, eine kindliche Lust, ein Eis zu essen. Wie albern, ausgerechnet sie, die nie Heißhunger empfunden hat bei der Vorstellung des Eishörnchens, das sie in der Gefriertruhe der Taverne erwartet, denn sie will ein Hörnchen, ihr Wunsch ist präzise, sie will ein Hörnchen mit einer Krone aus glänzender, von Mandeln gespickter Schokolade, wie beim letzten Mal. Ihr Freund hatte ein Bier genommen. Seit mehr als einer Woche hätte sie ihre Regel haben müssen, und die Regel kam nicht, was sie in einen merkwürdigen Zustand versetzte. Sie fühlte sich sehr lebendig, ein wenig überschäumend, und das war nicht unangenehm.

Die ganze Wohltat des Bades verflüchtigt sich, als sie die Schlucht Richtung Taverne hinaufsteigt. Die Unbekannte hat ihren Rucksack im Baum hängen lassen, nur ihren Geldbeutel, ihr Telefon, ihr Ladegerät und ihre Trinkflasche mitgenommen. Sie ist bald angekommen. Ihr Blick fällt auf ein tannengrünes Röhrchen, das so groß ist wie ein Klebestift. Sie springt über eine kleine Mauer, bückt sich: das ist eine Patrone.

Was kann man hier jagen?

Die Inselbewohner stehen im Ruf, den Finger schnell am Abzug zu haben. Sie sind Widerständler, sagte der Reisende, immer bereit, ihre Freiheit gegen einen Angreifer zu verteidigen. Sie hatte ihn mit diesem Thema aufgezogen, ihr Gespräch war hitzig geworden. Ihr Freund wollte nicht zugeben, dass sie, wenn sie auf Verkehrszeichen schossen und, um eine Geburt zu feiern, in die Luft feuerten, nur lautstark ihre Männlichkeit ausdrückten. Einen Schuss abgeben, hatte sie gefolgert, erinnert dich das an etwas?

(Keine Antwort.)

Einen strammen Schuss abgeben, wenn dir das lieber ist.

(Anzeichen von Ungeduld.)

Ein freier Mann zu sein, vielleicht, aber vor allem ein Mann.

Der Reisende hatte ein weiteres Bier bestellt, bevor er sich in den Kampf stürzte, und da waren keine Lippen mehr, diese dünnen, leicht geschwungenen, sondern ein Doppelstrich, der sich kaum öffnete, als ob er sich zusammenreißen müsste, um nicht seine Zähne zu blecken. Er hatte sich angegriffen gefühlt, persönlich in Gefahr gebracht, das würde sie später verstehen. Sie hatte aufgetrumpft, mehr aus Spiel denn aus Überzeugung. Hast du hier schon mal eine Frau mit Gewehr gesehen?

Sie hätte besser den Mund gehalten. Nach dieser Unterhaltung bröckelte ihre Beziehung – das ist keine schöne Erinnerung, ich muss sie vertreiben, sagt sie sich, sie aus meinem Gedächtnis fegen, lieber wieder an die Nacht denken, die sie miteinander in der Höhle verbracht hatten. Sie hatten sich geliebt und waren aneinandergeklammert eingeschlafen wie zwei Glückselige. Sie hatte geglaubt, mit ihm ein Kind haben zu können. Warum mussten sie aufwachen?

Die Allee, die zur Taverne führt, ist von Bäumen gesäumt, oder eher: war von Bäumen gesäumt. Inzwischen liegen viele von ihnen mit verzwirbelten Zweigen am Boden, die anderen sind verwachsen. Das Stück Weinberg sieht ungepflegt aus. Nachlässigkeit überall.

Beim ersten Mal war ihnen ein bellender Hofhund entgegengesprungen. Abrupt in seinem Angriff durch ein an einem Pflock befestigtes Seil gestoppt, hatte er mit hervorspringenden Augen weitergebellt, bis ein Jugendlicher ihm befahl, Ruhe zu geben. Der Hund war sanft wie ein Lamm geworden. Wegen ihm fürchtet sich die Unbekannte heute immer noch, wegen ihm oder eher wegen seiner Abwesenheit.

Sie kommt näher, und nichts geschieht. Kein Bellen, kein Geräusch. Die Eingangstür ist verschlossen, aber der Schlüssel ragt aus einem Geranientopf hervor. Die Unbekannte ruft, keine Antwort. Alles, was sie will, ist ein Eis. Irgendeiner wird da sein, der ihr ein Eis verkaufen kann, einer, der da bleibt, um auf die Baracke aufzupassen, der in Ermangelung eines Hundes zum jungen Mann gewordene Jugendliche.

Die Taverne ist verlassen, die Rollos hinter dem großen Glasfenster sind heruntergelassen. Hinten im Saal thront die Gefriertruhe.

Sie beugt sich über den Behälter, hält mit einer Hand den Glasdeckel, mit der anderen ihre Haare, und betrachtet versunken das Chaos. Der Strom ist ausgefallen, alles geschmolzen, nur Verpackungen, die in einer cremigen Flüssigkeit schwimmen. Ein saurer Geruch steigt auf, aber er ist es nicht, der sie dazu bringt, wegzugehen. Es ist die Ankunft eines Bataillons dicker, grüner Fliegen, die sich in den Behälter stürzen, als hätten sie, versteckt in den Lamellen der Rollos, seit Langem auf diesen Moment gewartet. Eine, dann zwei, am Ende zehn gefräßige Fliegen, die die Mischung aufsaugen, einsammeln, dann auffliegen und mit einem fetten Summen erneut hineintauchen.

Als der Deckel wieder geschlossen ist, sind alle darin gefangen, stoßen gegen die Wände des Behälters wie die kleinen Kugeln eines Gefrierschrankbillards. Sie sucht nach einem Utensil, um den Deckel aus der Entfernung wieder anzuheben, sie hat Angst, dass die Fliegen beim Herausfliegen auf ihr landen. Ihr Blick fällt auf den Karabiner, der über dem Tresen hängt.

Sie muss auf einen Hocker steigen, um ihn loszumachen.

Sie denkt wieder an die Diskussion mit dem Reisenden. Wiegt die Waffe in der Hand, legt sie an die Wange, schließt ein Auge. Sie ist versucht zu schießen, wie auf dem Jahrmarkt mit ihrem Vater, aber nein, der Deckel wird bersten, sie läuft Gefahr, durch die Glassplitter verletzt zu werden – von den Fliegen zu schweigen, den armen Viechern.

Sieh nur, wie du die Fliegen bedauerst, denkt sie, was ist mit dir? Und wer sagt dir, dass die Waffe geladen ist?

Das passt nicht zu ihr, kleine Tiere zu bemitleiden. Menschen übrigens auch nicht. Und dennoch ist sie heute gerührt von diesen Fliegen, die im geschmolzenen Eis festkleben. Angewidert und zugleich voller Mitgefühl.

In Wahrheit reiner Egoismus. Sie weiß, dass, wenn sie sie in dem Behälter belässt, der Geruch, der sich im Inneren ihrer Nase festsetzt, sie verfolgen wird. Und so hebelt sie den Deckel mit dem Gewehrlauf auf. Gleich werden die eiscremetrunkenen

Fliegen aufschwirren, und niemand wird da sein, der ihr sagt, dass sie einen Knall hat. Dass sie die Fliegen krepieren lassen müsste.

Alle Fliegen sind aufgestiegen, fast alle. Zwei von ihnen sind ertrunken. Zwei kleine, metallisch grüne Punkte, die im Ozean der Versuchung feststecken. Ende der Fabel, sagt sich die Unbekannte und hängt den Karabiner wieder auf, Friede euren Seelen. Das hätten wir.

Den Stromzähler finden.

Roter Knopf, Schalthebel. Nichts.

Überprüfung der Sicherungen. Schalthebel. Das gleiche.

Küche, Vorratsraum, Hinterhof, Suche nach einem Hauptzähler, Kronkorken und Plastikbeutel, Gasflaschen, Ziegelsteine, Holzkisten. Noch mehr Patronen, die wie lauter Juwelen im Gemüsegarten verstreut sind zwischen Melonen und Riesengurken. Kein Hauptzähler. Letzte Zuflucht: die Nummer des Mobiltelefons, die auf der Karte steht. Die Unbekannte will sie anrufen. Reinfall. Der Akku ihres Telefons ist leer. Komplett.

Da es kein Eishörnchen gibt, nippt sie, auf der Türschwelle sitzend, an einer zimmerwarmen Orangenlimonade. Ihre Augen wandern über die dreisprachige Liste der Zusatz- und Farbstoffe. Wasser wäre ihr lieber gewesen, aber der Wasserbehälter ist ausgetrocknet, und aus den schwarzen Rohren, die durch den Garten laufen, kommt nichts. Muss sie hoch ins Dorf zurück, um welches zu kaufen?

Dienstags und donnerstags in die Richtung, mittwochs und freitags in die andere. Die Busfahrpläne hängen neben der Kasse. Wochenende: Fehlanzeige.

Nein, kein Bus. Sie wird aushalten bis zur Rückkehr der Tavernenbesitzer oder ihres Sohnes – sie werden sicher zurückkommen, es kann nicht anders sein, sie hat es schließlich so geträumt: in der Höhle schlafen, alle zwei Tage in der Taverne essen, dort ihr Telefon aufladen und sich mit Süßwasser waschen. Sie hatte sogar daran gedacht, dass sie als Gegenleistung im Haushalt oder im Service aushelfen könnte.

Eine Schachtel Zahnstocher, vier Dosen Thunfisch, ein Fläschchen Olivenöl, ein Glas eingemachte Pflaumen, Mandeln und ein großes Päckchen Zwieback. Und ein Zweierpack Orangenlimonade: sie schreibt alles, was sie sich nimmt, auf ein Stück Papier, das sie gut sichtbar auf den Tresen legt. Als sie gehen will, findet sie drei Flaschen Mineralwasser, die ihren Proviant vervollständigen. Drei Flaschen, sagt sie sich, damit komme ich, wenn ich gut haushalte, drei, vier Tage aus. Und dazu die Limonaden.

Ein Geräusch lässt sie hochfahren, etwas ist heruntergefallen. Sie dreht sich vorsichtig um. Da ist jemand in der Küche. Ihre Beine fangen an zu zittern, ihre Fantasie läuft Sturm. Sie wird in einer Taverne im Niemandsland enden, vergewaltigt, umgebracht, ohne ihren Vater wiedergesehen, ihm nicht einmal geschrieben zu haben.

Zwei Augen mit rechteckigen Pupillen starren sie intensiv an, teuflische gelbe Augen, und um die Augen herum Ohren, ein Spitzbart und behaarte Auswüchse, die asymmetrisch baumeln, das rechte Gehänge sitzt tiefer als das linke, wie die zwei eichelförmigen Pendel einer Kuckucksuhr.

Sie ist den Tränen nah, wie albern, es ist nichts zu befürchten, vor nichts muss ihr grausen: rund um die gelben Augen zeichnet sich ein ausgestopfter Ziegenbock ab, wuchtig ja, aber völlig ungefährlich. Ein Bock ohne Hörner.

Zumindest könnte man meinen, er sei aus Stroh, so unbewegt steht er da.

Ein Stück blauer Schnur hängt aus seinem Maulwinkel, als hätte er ein Tampon gefressen. Die Unbekannte macht einen Schritt auf ihn zu, der Bock lässt seine Beute los – ein mit Speichel verschmiertes Watteknäuel fällt auf seine Hufe, das Zeichen zur Flucht. Mit einem Satz landet er auf dem Grill, mit einem weiteren Satz verschwindet er mit hochgestelltem Schwanz durch die Hintertür der Küche und wirft eine Kette glänzender Köttel ab.

Es folgt eine große Leere. Stille in der Stille.

Sie nähert sich der Tür. Dort müsste, wenn sie sich richtig erinnert, eine Holztreppe sein, über die man zu den Toiletten und dann zu einer Terrasse gelangt, die aufs Meer hinausgeht, und tatsächlich ist da eine Terrasse, eine Treppe und ein unverstellter Blick aufs Meer, aber alles ist durcheinandergeraten – nur die Aussicht bleibt gleich.

Der Boden hat nachgegeben.

Umgestürzte Tische, Pfeiler, Waschbecken, Spaliere, Stühle, Geländer, Lattenroste haben sich ins Geröll eingegraben. Ein Holzbalken, der noch am Hauptgebäude hängt, droht nachzugeben und einen Teil der Fassade mit sich fortzureißen. Die Unbekannte wägt das Ausmaß des Chaos ab. Sie begreift, was sie viel früher hätte begreifen müssen: Wenn das Lokal geschlossen ist, dann, weil es jeden Augenblick Gefahr läuft, den Abhang hinuntergerissen zu werden.

Sie entfernt sich rückwärts, ganz langsam, als ob sie Angst hätte, mit ihrem Gewicht den Absturz zu beschleunigen.

Die Unbekannte schläft mit angezogenen Beinen, an ihren Rucksack gelehnt. Nach Verlassen der Taverne hat sie es nicht mehr geschafft, bis zur Höhle zu gehen. Sie hat in der Nähe der Tamariske Halt gemacht, ein paar Meter entfernt von der Stelle, an der sie ihr erstes Bad genommen hat. Danach zu urteilen, wie eingedrückt der Sand ist, hat sie lange gebraucht, um Schlaf zu finden. Sie hat sich hin und her wälzen müssen und dabei um ihren Körper herum eine plattgewalzte Fläche geschaffen, wo jetzt winzige rote Spinnen krabbeln, bereit, sich beim kleinsten Alarm einzugraben. Was sie auch tun, als die Unbekannte aufsteht, nachdem sie genügend geschlafen hat. Das Wasser hat sich ein wenig zurückgezogen, ausreichend, um die Spitze eines neuen Felsens sichtbar zu machen. Sie hätte nicht geglaubt, dass dieses laue, träge Meer zu Gezeiten in der Lage wäre.

Ihr Schlafsack ist feucht, von dieser Feuchtigkeit, wie es sie ganz früh am Morgen auf dem Land gibt. Doch dieses Land ist auf ein striktes Minimum reduziert: der Meersaum, eine zweite Tamariske, ein paar Büschel duftender Thymian, Sträucher mit langen Nadeln.

Was ist dir lieber, fragt sie sich, dir die Zähne mit Salzwasser oder mit Limonade zu putzen? Es kommt nicht in Frage, dass du dein Mineralwasser verschwendest.

Und was wirst du mit deinen Haaren machen?

Sie wäre gern da oben, wo ihr Blick sie hinträgt. Sie könnte den Eingang der Höhle weiter unten sehen und das natürliche, in den Felsbrocken gegrabene Wasserbecken wenige Meter vom Meer entfernt. Ein schwarzer, glattgespülter Fels, den man gern streicheln möchte. Glatter als Schiefer und dunkler auch, das Licht verschlingend.

Sie muss weitergehen.

In der Sonne eine erste unberührte Sandbank überqueren, dann einen zweiten Strand, mit Kieselsteinen diesmal, dann einen dritten, der mit gestreiften Steinen übersät ist. Sie weiß nicht mehr recht, wo sich die Höhle befindet, ihr kommen plötzlich Zweifel. Sie hatte nicht den Eindruck, dass sie so weit weg war. Wäre es nicht besser, kehrtzumachen? Sie würde bis ins Dorf gehen, sich für ein paar Tage ein Zimmer nehmen, um sich auszuruhen.

Es ist unvernünftig weiterzugehen.

Sie geht weiter.

Musste man an der Düne entlanggehen oder am Strand?

Sie erinnert sich an eine kleine Bucht, wo sie sich geküsst hatten.

Hier vielleicht oder weiter hinten, ein altrosafarbener Strom zwischen zwei weißen Haufen, der Beweis, sie hatte ein Foto gemacht, als ob der Platz zwischen diesen Haufen verstopft worden war durch einen dieser expansiven Schaumstoffe, sie sucht das richtige Wort, Polyurethan?

In der Kuhle eines in den Sand gepflanzten Felsens schießt ein Kapernstrauch mit dem Rücken zum Meer empor. Seine zurückfallenden, blütenbeladenen Stängel machen eine Kampfansage an die Trockenheit um ihn herum. Seine runden, dicken Blätter sind von einem intensiven Grün. Sie pflückt ein paar Knospen, steckt eine in den Mund, dann noch eine – sie merkt nicht sofort, wie es brennt. Der Geschmack ist stark, ganz pfeffrig, kein Vergleich mit eingelegten Kapern.

Und wenn es keine Kapern wären? Sie spuckt aus, spült den Mund mit der Limonade aus, spuckt nochmals. Eine Handvoll Ameisen, aus dem Nirgendwo aufgetaucht, schnüffelt an dem Gemisch, dann setzt sich eine Wespe darauf. Sie faltet sich wie eine Libelle. Bleibt lange da, mit zitterndem Unterleib. Wie beim Geschlechtsakt.

Die Spur eines ausgetrockneten Bachs. Die Unbekannte gräbt ein Loch in die Erde in der Hoffnung, auf Süßwasser zu stoßen. Blasen steigen an die Oberfläche. Ein kleiner, fleischiger Wurm rollt sich zusammen, dann ist er kein Wurm mehr, sondern ein Stein.

Ein mit Vogeldreck bedeckter Granitblock. Aber wo sind die Vögel? Sie hebt ein angeschwemmtes Holzstück auf, ein verwitterter Löwenkopf, den sie in ihrem Rucksack verstaut - sie hat immer irgendwelche Talismane gehabt, Münzen, Federn, Kleinigkeiten, die sie schützen, das ist ihre Art, an gute Feen zu glauben.

Sie bleibt stehen, um das Meer zu betrachten, das sehr ruhig ist, zu ruhig. Am Horizont zeichnet sich ein Kriegsschiff ab. Woher weiß sie, dass das ein Kriegs- und kein Kreuzfahrtschiff ist? Unmöglich, das aus dieser Entfernung zu unterscheiden. Einen Augenblick später ist nicht mehr als gräulicher Dunst zwischen dem Blau des Wassers und dem Blau des Himmels zu sehen. Unmerklich ist das Wetter im Begriff, sich zu ändern.

Die Unbekannte lässt die Düne hinter sich, nähert sich der letzten Bucht und erkennt die milchigen, von einem rosafarbenen Schaum versiegelten Steine wieder, die sie bei ihrer letzten Reise fotografiert hatte. Jetzt ist sie sicher, ihrem Ziel ganz nah zu sein. Bald wird sie sich in der Höhle ausstrecken und Ruhe finden.

Vor allem Schatten.

Kein kleiner, wandernder Schatten, der dem guten Willen der Sonne ausgeliefert ist, nein: ein fest eingerichteter, dauerhafter Schatten, auf den man zählen kann. Nie wird die Sonne in den hinteren Teil der Höhle gelangen.

Kann man überhaupt von einem hinteren Teil sprechen? Die Höhle ist unendlich, wie der Horizont, sie verwandelt sich in einen Tunnel. Einige Tage nach ihrer zärtlichen Nacht und dem aufgeregten Gespräch in der Taverne waren sie dorthin gegangen. Die bedrückende Dunkelheit hatte sie eingeschlossen. Da sie ihre Angst vor dem Dunkel nicht zugeben wollte, hatte die Unbekannte so getan, als würde sie Aas riechen. Ein Tier hatte bestimmt Zuflucht dort gesucht, um zu sterben, eine Ziege oder ein streunender Hund. Nichts verriet, dass sein sich zersetzender Körper nicht bald auf dem Weg läge. Der Reisende war stehengeblieben. Sie hatten kehrtgemacht.

Die Aussicht, den Fuß in eine weiche Masse zu setzen, würde ihr liebstes Gesprächsthema werden. Von abfälligen Grimassen begleitete Gespräche, die belegten, wie sehr ihre Beziehung beschädigt war. Sie berührten sich nicht mehr, küssten sich nicht mehr.

Das hatten sie bis zum Flughafen durchgehalten und sich im Flugzeug getrennt.

Sie hatten beide vorn gesessen, er am Fenster. Sobald er eingeschlafen war, hatte sie ihre Sachen genommen und sich im hinteren Teil niedergelassen. In diesem Moment, auf dem Weg von hier nach dort, hatte sie einen lebhaften Schmerz im Unterleib gespürt. Blut war geflossen - Trauer? Erleichterung? Sie waren getrennt voneinander ausgestiegen. Eine kleine Handbewegung bei der Gepäckausgabe. Dann nichts mehr.

Ihr Vater hatte ihr gesagt, dass er sie am Flughafen abholen werde, aber er war nicht da. Das sah ihm nicht ähnlich. Sie hatte sich ganz allein durchgeschlagen. Wenn sie nicht losgefahren wäre, das denkt sie heute, wenn sie nicht abgereist wäre, hätte alles wie zuvor weitergehen können.

Die Unbekannte ist angekommen. Sie hat ihren Rucksack hinter die weißen Felsbrocken gelegt und ist im Begriff, mit leeren Händen bis zur Höhle zu gehen. Sie will frei sein in ihren Bewegungen. In Ruhe Besitz von den Örtlichkeiten ergreifen, zuerst mit ihrem Körper, ohne sie mit den Dingen zu belasten, die mit den Zwängen des Alltags verbunden sind.

III

Es ist die Art, wie sie ihre Arme auf den Schwimmring legt, mit eingeknickten Handgelenken, die Hände herunterhängend, die Finger locker.

Ihren seltsamen Blick auf die Wellen gerichtet, die Wellen über den Wellen über den Wellen.

Es ist das grelle Rosa des Schwimmrings.

Es ist die Zeit: zu lange.

Das ist kein Mädchen im Schwimmring, selbst wenn sie klein ist: das ist eine Jugendliche.

Ganz zierlich, aufrecht im Wasser, allein im Meer.

Sie bewegt sich so gut wie nicht, der Oberkörper, der unsicher von vorne nach hinten schwankt und in Bauchhöhe eine Welle gegen ihren Nabel auslöst. Ihre Brust ist nackt, zart hervorgehoben durch die Erinnerung an einen Badeanzug. Ihre Haare sind geflochten. Alles wirkt groß in ihrem Gesicht: ihre zu lange Nase. Ihr ausladender, fleischiger Mund, überragt von einer Perle und einem Muttermal. Ihre Brauen sind dicht, ausgebleicht von der Sonne. Ihre wässrigen Augen, verschluckt von sehr großen Lidern, die auf die Iris fallen.

Etwas Blindes liegt in ihrem Blick.

Die Kleine senkt ein wenig den Kopf, streicht mit ihrer Zunge über die Lippen, kitzelt ihr Piercing und verfällt dann wieder in Gedanken, mit den Armen auf dem Schwimmring, während ihre Arme weiter herunterbaumeln, als wollte sie einen unsichtbaren Nagellack trocknen.

Sie ist da, eingepflanzt, die Füße verwurzelt im Sand. Sie betrachtet die Welt, als ob sie ihr Gast wäre. Sie weiß nicht, dass sie beobachtet wird.

Die Unbekannte spürte, wie sich ihre Kehle zuschnürte, als sie sie entdeckte. Zuerst wollte sie glauben, dass es sich um eine Luftspiegelung handelte, wie das Kriegsschiff, aber es war keine. Es hat sich ihr in die Netzhaut eingebrannt, und es hält an, wird größer – da ist, an dem Felsen, der die Form einer Badewanne hat, ein Handtuch ausgebreitet, Wäsche, die trocknet, ein Holzstoß, alles Anzeichen für ein Lager. Man muss den Tatsachen ins Auge sehen: Die Höhle ist besetzt.

Verärgert ist ein zu schwaches Wort. Sie, der nie etwas gehört hat, fühlt sich enteignet. Sie würde gern versinken, wie eine zerlaufende Uhr, bis sie sich in der Landschaft festsetzt, mit ihr eine Einheit bildet, sodass man sie von dort nicht vertreiben kann, doch anstatt zu versinken, schnellt sie durch den Raum, wie Tinte in Seide. Dutzende von angriffsbereiten Stacheln. Ihre Tränen bezeugen keine Enttäuschung, sondern Wut.

Die Unbekannte ist umgekehrt, achtet darauf, unentdeckt zu bleiben. Sie hat ihre Sachen hinter den milchigen Steinen wiedergefunden, den Rucksack, die Vorräte. Sie bringt sie in einer Felsaushöhlung in Sicherheit - dort wird sie sich niederlassen und darauf warten, dass sie weggehen. Denn sie werden weggehen. Sie müssen weggehen, wiederholt sie für sich und kaut an der Innenseite ihrer Wangen, sie haben hier nichts zu suchen.

Sie denkt »sie«, obwohl sie bis dahin nur die Kleine in ihrem Schwimmring gesehen hat. Keinen Augenblick lang hat sie gedacht, dass sie allein sein könnte, und sie hat recht. Bald schon gerät das Meer in Bewegung, als eine dunkle Gestalt hindurchgeht. Eine Gestalt, die sich dem Strand nähert, verschwindet, wieder auftaucht, die Wellen zum Besten hält mit der Anmut eines Meeresmonsters. In dem Moment, da sie den Sand berührt, wird sich die Verwandlung vollziehen: es ist ein Mann, der aus dem Wasser steigt. Ein Koloss mit langen Haaren, gehauen aus festem Material. Eine Naturgewalt. Er wird auf die Kleine zugehen. Ihr ein Zeichen geben, die Arme zu heben, und sie wird die Arme heben und sich von dem Schwimmring befreien wie ein Hund von seinem Halsband. Er wird ihr einen Klaps auf den Hintern geben. Sie wird ihm schweigend folgen, mit fast geschlossenen Augen. Langsam werden sie aufsteigen zu dem Felsen, der die Form einer Badewanne hat. Er ist dreimal so groß wie sie.

Er ist nackt, beide sind nackt.

Sein Geschlecht steckt in einem braunen Fell, das sich den Bauch hinaufzieht. Ihre Spalte ist umsäumt von blonden, sorgfältig epilierten Härchen.

An ihrem rechten Knöchel eine silberne Kette.

Ich habe drei schöne Rotbarben gesehen, sagt der Koloss.

Mit einer sicheren Bewegung hebt er das junge, sehr junge Mädchen hoch und setzt sie in der steinernen Badewanne ab. Er behandelt sie wie ein Kind, ohne besondere Scham, und sie lässt sich wie ein Kind tragen. Er löst den Zopf, der ihre Haare einsperrt. Feuchtet ihre Wangen, ihre Stirn an. Spricht zu ihr, ohne dass sie antwortet. Betrachtet etwas unter ihren Füßen, eine Verletzung vielleicht, streicht den Sand fort, schiebt den Zeigefinger zwischen ihre Zehen, spült sie dann ausgiebig ab. Jeder Handgriff ist ein Wort, und jedes Wort ist Teil des Rituals. Es ist mehr als Zuneigung zwischen ihnen: eine Aufmerksamkeit wie zwischen Vater und Tochter.

Die Unbekannte ist gerührt, ihr Zorn legt sich,

wird fortgefegt von dem sehr zarten Gefühl, sich auf vertrautem Terrain zu befinden. Diese besondere Liebe hat sie einst selbst erfahren. Sie sieht sich hinten auf seinem Motorrad sitzen, geschmiegt an die Jacke des Vaters. Sie sieht, wie sie das Freizeitheim verlässt, und ihn, wie er mit rauer Stimme zuruft: Beeil dich, Prinzessin! Wir gehen zum Bowling. Ein anderes Mal – eine starke Erinnerung – sind sie oben im Park, in der Nähe des Teichs, sie hüpft auf allen vieren, die Knie abgespreizt, sie ist ein Frosch, und ihr Vater sagt zu ihr: Aufgepasst, kleiner Frosch, ich fang dich, ich töte dich, ich ess deine Schenkel auf!

Nicht mich töten, nicht mich töten, quakt sie.

Dir ist es lieber, wenn ich dich lebend aufesse?

Und ihr Vater, der sich auf sie wirft und ein Grunzen von sich gibt. Sie lacht, erstickt fast dabei. Spaziergänger bleiben stehen, ein Mann kommt näher, er will etwas fragen. Dann nimmt ihr Vater sie auf die Schultern und galoppiert davon auf dem Feldweg, der hinunter in die Stadt führt.

Sie beherrscht die Welt.

Sie kennt diesen Stolz, allein mit ihm zu sein, überall.

Die Unbekannte verbringt, versteckt zwischen den weißen Felsen, ihren Tag damit, die Höhlenbewohner zu beobachten. Bei der altrosafarbenen Zunge gibt es eine recht bequeme Mulde, wo man im Schatten sitzen kann und etwas sieht, ohne gesehen zu werden. Nach dem Bad, dem doppelten Bad, hat der Koloss das Handtuch um den Körper seiner Tochter gebunden, denn es handelt sich eindeutig um seine Tochter, es kann nicht anders sein. Sie wird so bleiben, wie sie in ihrem Schwimmring geblieben war, die Augen im Ungefähren verloren, während er Feuer macht. Sie wird keine Anstalten machen, ihm zu helfen. Sie wird Abstand halten.

Abstand zu ihm, Abstand zu sich selbst. Als ob es sie kaum gebe. Oder genauer, als ob sie sich nicht zu bewegen brauche, nicht zu sprechen, sich abzulenken, um zu existieren. Angespannt, aber ruhig. Sie muss nichts beweisen.

Der Mann ist inzwischen angezogen, er dreht eine Runde, so sagt er es, ich dreh eine Runde. Er verschwindet auf der anderen Seite des Strandes, und sie ist wieder allein am Meer. Zum ersten Mal scheint sie sich aus ihrer Erstarrung zu lösen. Bückt sich, hebt einen viel zu großen Kiesel auf, versucht ihn springen zu lassen. Sie beobachtet die Wasseroberfläche, als ob sie darauf wartete, dass er wieder auftaucht. Sie nimmt einen anderen, wirft ihn, noch einen. Weit hinaus, immer weiter. Sie legt alle Kraft hinein, eine ungeahnte Energie. Als sie den

Kiesel loslässt, gibt sie zudem einen Ton von sich, ein Grunzen, das aus dem Bauch heraus kommt.

Von seinem Spaziergang bringt der Koloss einen Holzstuhl mit, den er in den Eingang der Höhle stellt. Wo hat er ihn gefunden? Er wird unter seinem Gewicht zusammenbrechen, sagt sich die Unbekannte, die sich immer noch auf ihrem Wachposten befindet, doch der Stuhl hält stand. Der Koloss sackt nicht in sich zusammen. Selbst im Sitzen hält er sich aufrecht. Sein Körper trägt seinen Körper, er scheint an sich selbst befestigt zu sein, als ob jeder Muskel dazu da wäre, einen anderen Muskel zu stützen, bis zum Kopf, zu den Haaren, die vom Salz zusammenkleben.

Die Sonne verschwindet hinter dem Horizont, das Feuer brennt. Der Geruch von gegrilltem Mais.

Fast Vollmond, von seinem Hof umgeben. Musik erklingt im Schweigen der Nacht. Der Koloss sitzt immer noch auf seinem Stuhl und spielt Mundharmonika. Seine Faust fährt vor seinem Mund hin und her. Die Kleine ist in der Höhle, sie wird sich erst am Morgen wieder zeigen, dicht hinter ihrem Vater, und beide werden sie da bleiben und in die Ferne schauen.

Es gibt Dinge, die man nicht wissen will, und dann weiß man sie plötzlich.

Sie werden nicht weggehen. Sie werden ihr die Höhle nicht überlassen. Sie muss sich mit ihnen arrangieren.

Die Unbekannte hat Schluckauf, sie hat zu schnell gegessen. Die Zuckungen zerstampfen die letzten Regungen des Bedauerns, die sich in ihrem Herzen aufgetürmt hatten. Sie wird nicht allein am Strand sein, und das ist vielleicht besser, sagt sie sich. Sie wägt die Vorteile ab, die diese unerwartete Anwesenheit mit sich bringt: Sie haben Wasser, mehrere gut gefüllte Kanister. Lebensmittel auch. Sie sind beide attraktiv. Sie wirken glücklich auf ihre Weise. Ihr Glück wird ansteckend sein.

Am Nachmittag wiederholt sich die Szene. Die im Schwimmring eingeschlossene Kleine, ihr seltsamer Blick, das Bad im Felsen. Die familiäre Abkapselung, das Feuermachen. Der Geruch von gegrilltem Mais. Der Koloss, viel zu groß für seinen Stuhl, und der Stuhl, der hält. Die Mundharmonika. Der volle Mond, sein Hof. Die Unbekannte hat nicht den Mut gefunden, sich zu zeigen.

Die Lage hat sich verkehrt. Sie, die nicht dazugehört, ist es, die umziehen müsste. Dennoch bleibt sie, fasziniert von dem Vater und seiner Tochter. Keine Rede davon, dass sie sich ins Dorf zurückzieht. Nichts scheint ihr lebendiger, interessanter als diese beiden. Wie gern würde ich, denkt sie, während sie mit den Fingern durch ihre Locken fährt … aber sie beendet ihren Satz nicht.

Kekse, Oliven, Mandeln, Limonade. Lektüre.

Müsliriegel. Thunfisch. Schluckauf, Stampfer. Limonade.

Ein wenig Müdigkeit.

Ein Bad, während die anderen ihren Mittagsschlaf halten. Selbst im Wasser muss sich die Unbekannte verstecken. Die Zeit dehnt sich, manchmal ist sie eine Last, währt zu lange – einen Augenblick später fliegt sie davon, und schon ist es Zeit zum Schlafengehen. Da sie nicht müde ist, holt die Unbekannte ihr Heft heraus. Sie wird wieder Tagebuch führen, um sich zu beschäftigen. Der erste Satz kommt nur zögernd. Der zweite ist schwülstig. Wie soll man das Meer beschreiben, ohne das Verb »glitzern« zu verwenden, wie in diesem Gedicht, das sie in der Schule gelernt hat? Wenn sie von dem Mann spricht, behauptet sie, dass er umherschlendert, aber als sie das wiederliest, findet sie es idiotisch.

Man schlendert in einer Stadt, in einem Laden, aber nicht am Strand – was macht man da? Flaniert man, geht man herum oder spazieren? Das ist ein viel zu schwacher Ausdruck.

Ein passendes Verb: schreiten.

Der Koloss misst die Landschaft mit seinem Körper ab. Er mustert sie. Schreiten, ja, das Wort passt zu ihm. Er geht konzentriert. Nur die nötigen Muskeln treten in Aktion. Wenn er die Kleine hochhebt, zeichnet sich in seinem Gesicht keine Spur von Anstrengung ab. Seine Haut scheint fester zu sein als die der gewöhnlichen Sterblichen, ein von einer Creme gut gefettetes Leder, mit der er sich merkwürdigerweise jeden Morgen einschmiert, während die Kleine schutzlos in der Sonne bleibt – sofern er sie nicht einreibt, bevor sie die Höhle verlässt.

Ja, das ist natürlich genau das, was er machen muss: mit seinen großen Pfoten voller Sonnenmilch über den Rücken seiner Tochter streichen, die Schultern nicht auslassen, die Rückseite der Oberschenkel und die Fußsohlen nicht vergessen.

Die Unbekannte schreibt weiter Sätze in ihr Heft, planlos aber, ohne sich um eine Ordnung zu kümmern. Sie liest sie kein zweites Mal durch. Sie kommt voran.

Die Kleine versucht, Kiesel springen zu lassen, ohne jeden Erfolg.

Der Koloss reinigt die Teller mit Sand.

Auf Zehenspitzen schiebt die Kleine die Ränder der Augenlider ihres Vaters beiseite. Mit dem Zeigefinger entfernt sie eine Mücke. Der Koloss richtet sich auf. Er sieht wütend aus. Später putzt sie sich, am Meer stehend, mit demselben Zeigefinger lange die Zähne. Macht sie nass, spuckt aus, scheuert sie, die Lippen hochgestülpt. Macht sie wieder nass, spuckt wieder aus.

Der Koloss zieht an seinem Geschlecht, als er aus dem Wasser kommt.

Die Kleine sammelt Muscheln. Ihr apfelförmiger Po, der Grübchen bildet, da wo die Beine beginnen.

Der Koloss spannt ein Seil und hängt ein Wachstuch mit großen Blumen daran auf - die in dieser trockenen Landschaft völlig deplatziert sind. Als das Tuch trocken ist, faltet er es und befestigt an dessen Stelle ein Paar riesengroße Flip-Flops und dann noch eines, das im Vergleich dazu winzig wirkt.

Die Kleine hat sich ausgestreckt, die Stirn übersät mit kleinen Tropfen, die Augen geschlossen. Ihr Vater steht ihr in der Sonne, die Ellbogen ausgestellt, die Fäuste in den Hüften. Man würde damit rechnen, dass sie etwas tut, ihn bittet, zur Seite zu gehen, doch sie bewegt sich keinen Zentimeter. Der Koloss breitet seine Arme aus und beginnt mit ausgestreckten Fingern zu schweben, mit seinen federnden Knien wirkt es, als würde er fliegen. Von seinen Lippen kommt ein Motorengeräusch. Er kommt näher, hebt einen Fuß an und stellt ihn auf den Bauch der Kleinen, die sich noch immer nicht rührt. Dann plötzlich springt sie auf und wirft sich mit geballten Fäusten auf ihn, verabreicht ihm Schläge, die er lachend entgegennimmt. Als sie auf seinen Unterleib zielt, packt er ihre Handgelenke und zieht sie nach unten. Sie fällt erschöpft auf die Knie. Du Grobian, Grobian, wiederholt sie, Grobian, Grobian, und ihm scheint es zu gefallen, so behandelt zu werden. Später werden sie sich in der gleichen Position am Feuer befinden. Sie mögen es, miteinander zu raufen. Das beruhigt sie.

Die Unbekannte isst Zwieback, der mit Olivenöl beträufelt und mit Thymian bestreut ist. Sie schläft nach dem Bad ein, ohne den nahenden Schlaf zu bemerken.

Die Kleine singt für sich und verschluckt die Worte dabei.

Die Unbekannte vertieft sich in ein Buch, das sie schon gelesen hat.

Die Kleine facht die Glut mit einem Stock wieder an, der daraufhin selbst Feuer fängt; sie bewegt ihn hin und her, schwenkt ihre improvisierte Fackel durch die Luft, als wolle sie Gespenster verscheuchen.

In der dritten Nacht macht der Koloss keine Musik. Während die Kleine schläft, setzt er sich auf den Stuhl und betrachtet mit geöffneten Schenkeln den Himmel. Er streichelt sich im Mondschein. Von Weitem folgt sie den Bewegungen seiner Hand. Sie lässt die ihre in die Shorts gleiten, die Lust ist intensiv, beinahe vom einen Moment auf den anderen. Der Koloss macht mit seinem Auf und Ab weiter, der Rhythmus wird schneller. Plötzlich fällt er in sich zusammen, unterdrückt ein Grunzen. Er wäscht sich im Meer ab, geht dann mit leichtem Schritt zurück in die Höhle, als ob nichts geschehen wäre.

Die Unbekannte verharrt lange und schmeckt der Lust nach. Da es ihr nicht gelingt einzuschlafen, hält sie im Schein ihrer Taschenlampe die Szene in ihrem Heft fest. Diesmal findet sie die Worte leicht. Sie hat Durst, hält sich aber zurück, die letzte Flasche Mineralwasser anzubrechen.

Am nächsten Morgen verlassen der Koloss und seine Tochter die Höhle Hand in Hand.

Ihre Silhouetten leuchten golden, geben in der aufgehenden Sonne ein kitschiges Bild ab.

Die Kleine räkelt sich, streckt die Finger gen Himmel. Der Koloss streift ein paar Sandkörner, die auf seinem Bauch hängengeblieben sind, zu Boden. Die Unbekannte zweifelt einen Moment. Und wenn sie nicht seine Tochter ist?

Sie wechseln sich mit dem Springseil ab. Sie trainieren der Reihe nach. Die Bewegungen der Kleinen sind unkoordiniert, sie springt hoch, lange, aber schief, die Füße seitwärts, man fragt sich, wie das zusammenbleibt, die Glieder, der Körper, der Kopf.

Auf die exaltierten Momente folgen immer lange schlafwandlerische Phasen.

Er liest.

Sie macht nichts.

Gegen Mittag bedeckt sich der Himmel. Sie langweilen sich. Die Unbekannte langweilt sich. Ein Zufall? Der Koloss dreht sich mehrfach um, den weißen Felsen zu. Ihr Herz gerät außer Rand und Band. Sie denkt wieder an diesen Französischlehrer, in den sie verliebt war. Da sie ihn zärtlich ansah und darüber das Mitschreiben vergaß, hatte er sie vor die Tür geschickt, mit der Anweisung, zurückzukommen, wenn sie bereit sei zu arbeiten.

Das war ihr erster Liebeskummer. Oder der zweite, wenn man ihre Mutter mitzählt. Später wird sie die Abenteuer aneinanderreihen, ohne daran zu denken, daraus eine Geschichte zu konstruieren, bis zu jener Nacht mit dem Reisenden in der Höhle. Nach ihm wird sie sich nicht mehr verlieben wollen. Sie wird es nicht ertragen, wenn man sich an sie hängt. Oder einlädt. Oder ihr Geschenke macht.

Der Koloss ist melancholisch. Er lässt das Feuer ausgehen und nimmt seine Mundharmonika, bevor es Abend wird. Die Kleine hört ihm aufmerksam zu, fängt zu tanzen an, die Rockzipfel anhebend. Der Koloss wendet seinen Blick ab. Er spielt weiter, dreht ihr den Rücken zu. Es gibt Dinge, die er nicht gern sehen will.

Die Kleine bewegt kaum ihre Füße. Wiegt sich, erbebt, wirft sich in die Brust, die Lider gesenkt. Sie ist von verstörender Schönheit. Ihr Tanz ist größer als sie, zu sinnlich, wo hat sie gelernt, sich so zu bewegen? Ihr Becken zeigt kaum den Rhythmus an, und in diesem »kaum« steckt die Provokation. Dass sie sich bewegt, sich freimacht, dass ihre Arme um ihren Körper fliegen, das erwartet man von einem Mädchen ihres Alters. Man möchte sie schütteln, damit sie ihre Zurückhaltung aufgibt, aber nein, sie setzt bewusst ihren reduzierten Tanz fort.

Plötzlich verzieht sich ihr Gesicht, entstellt von einer Grimasse. Sie beugt sich zur Seite, zieht mit einer wenig anmutigen Bewegung nach ihrer Haut, um einen Punkt zwischen ihren Schulterblättern zu berühren.

Ein Insekt hat sie gestochen.

Der Koloss lässt die Mundharmonika liegen, um seinen Mund auf den Stich zu pressen. Er saugt das Gift aus, spuckt, räuspert sich lautstark, aber das genügt nicht. Die Kleine will, dass er sie kratzt, sie fragt mehrmals, warum kratzt du mich nicht? Er besteht darauf zu pusten, höchstens darüber zu reiben, mit geschlossenen Händen, damit seine Fingernägel nicht mit der Haut in Berührung kommen. Die Kleine geht unzufrieden davon, sucht sich aus dem Holzstapel einen Stock heraus und kratzt sich blutig. Als ob sie den Schmerz nicht spüren würde, macht sie beharrlich weiter. Als der Koloss es bemerkt, reißt er ihr den Stock aus den Händen und wirft ihn weit fort.

Nicht mit mir, brüllt er, hast du verstanden? Mit deiner Mutter machst du, was du willst, aber nicht mit mir, nicht so was.

Mit deiner Mutter, was du willst?

Die Kleine senkt den Blick. Sie scheint ganz genau zu wissen, worauf er anspielt.

Am vierten Tag bringt der Koloss von seinem Spaziergang vier Wasserkanister mit. Die Adern an seinem Hals sind von der Anstrengung aufgepumpt. Wo ist die Quelle? Die im Heft notierten Sätze wechseln den Ton. Sie enden oft mit Fragezeichen. Die Unbekannte wird ungeduldig. Ihr Körper ist geöffnet, er wartet auf Antworten.

Wenn sie schwimmt, zählt sie die Armzüge nicht mehr. Sie schwimmt ins offene Meer hinaus, immer den Gedanken tief in sich tragend, dass sie ertrinken könnte. Wenn ein Strudel sie erfasste, würden weder der Koloss noch die Kleine ihre Schreie hören. Das wäre das Ende, nichts weiter. Kein Bedarf an Schlafmitteln mehr. Nichts Kompliziertes mehr.

Das Meer ist aufgewühlt heute, die Unbekannte schluckt mehrmals Wasser. Die Strömung ist kräftig, sie hat Mühe zurückzuschwimmen, Angst, sich an den Felsen zu verletzen. Wind ist aufgekommen. Ein heißer Wind, der die Lippen austrocknet und Sand aufwirbelt. Die Unbekannte macht einen Abstecher ins Landesinnere in der Hoffnung, die Quelle zu finden, aber sie kehrt schnell zurück, sie hält es nicht aus, ihren Beobachtungsposten zu verlassen. Sie will nichts mehr verlieren, sie hat in ihrem Leben zu viel verloren, sie will den beiden in ihren kleinsten Bewegungen folgen. Es herrscht Vertrauen und Aufmerksamkeit zwischen ihnen, aber auch viele seltsame Verhaltensmuster. Zum Beispiel, als der Koloss sich darangemacht hat, die Badewanne zu leeren, um den Sand, der sich am Boden angesammelt hat, zu entfernen, hat sich die Kleine geweigert, ihm zu helfen. Er hat darauf bestanden, ihr einen Plastikeimer hingehalten, den sie gepackt und ins Meer geworfen hat. Der Koloss hat keine Miene verzogen, nicht gesagt: Hol sofort den Eimer – oder: Du machst mit deiner Mutter, was du willst, aber bei mir …

Er hat sich damit begnügt, mit den Achseln zu zucken.

Als die Wellen die Badewanne wieder aufgefüllt haben, hat er sich hineingesetzt und die Kleine zur Strafe im Schwimmring gelassen. Luft und Gummi, Leichtigkeit und Weichheit – ein lustiges Top. Sie wird sich allein daraus befreien müssen. Um sich zu rächen, wird sie den Fuß der Felswand mit Schaufelschlägen traktieren, als ob sie mit diesen Hieben ihren Einsturz herbeiführen könnte. Wenn die Verzweiflung vertrieben ist, wird die Apathie ihre

Rechte einfordern. Die ungeschickten Bewegungen. Die angewinkelten Handgelenke. Die zu tiefen Augenlider. Der Körper, reglos bis zur nächsten Flut.

Der Plastikeimer wird von selbst zurückkommen und in der Nähe der Badewanne stranden.

IV

Drei Körper an einem Strand, auf einer Seite drei Figuren. Der Mann, die Frau und das sehr junge Mädchen. Drei Karten in einem Tarotspiel, die, offen oder umgedreht, von der Liebe und von ihrem Gegenteil sprechen, vom Verlangen und vom Verlust, von der Verwandlung oder vom Gefangensein. Wenn die Unbekannte immer noch Zeit damit verbringt, sich über ihr Heft zu beugen, dann nicht mehr, um zu schreiben, sondern um zu zeichnen.

Heute hat sie sich selbst mit dem Koloss und der Kleinen vorgestellt.

Sie stehen aufrecht da, mit baumelnden Armen, und schauen in drei unterschiedliche Richtungen. Er von beeindruckendem Format, die zwei Frauen sehr zart, eine größer als die andere, aber nicht viel. Eine Menge Luft zwischen ihnen. Viel Weiß. Die Unbekannte könnte an dieser Stelle aufhören, eine neue Seite aufschlagen und eine neue Zeichnung anfangen, doch nein, sie streicht sie durch, überarbeitet sie und neue Formen entstehen. Sie schafft Verbindungen zwischen den Figuren, zieht Linien von einer zur anderen, bis sie den Raum mit sich kreuzenden Strahlen füllt. Die Brust der Unbekannten verbindet sich mit dem Bauch des Mannes und der Bauch des Mannes mit dem Arm der Kleinen. Der Kugelschreiber gerät wie bei einem Spirograf außer Kontrolle, er zeichnet und er führt, mit der Spirale des Heftes als Zahnrad. Die Füße verheddern sich in den Strichen, die unten auf der Seite als Spinnennetz ein elastisches Fundament bilden.

Sich nicht in die Falle locken lassen, sagt sich die Unbekannte. Das Heft zuschlagen. Zur Höhle gehen. Um den Mut dazu zu finden, genügt es, die Dinge in Einzelschritte zu zerlegen. Fünf Schritte, dann zehn Schritte. Noch fünf …

Um sich zu zeigen, hat die Unbekannte einen Moment gewählt, als sie versteckt sind. Die Luft steht, gesättigt von der Hitze. Sie trägt ein dünnes T-Shirt, Shorts, Sandalen – die um die Knöchel geschnürt und schöner sind als die anderen –, und sie trägt auch ihren Hut, aber in der Hand. Ihre Haare sind hochgesteckt. Ein paar Locken sind aus dem Haargummi gerutscht, sie lässt sie um ihr Gesicht streichen. Diese Frisur hat ihr Vater ihr gerne gemacht, als sie klein war. Sie muss ihm schreiben, wenigstens eine Postkarte, selbst wenn er sie nicht liest, aber wo soll sie eine Karte finden und wo sie einwerfen?

Als die Unbekannte den Holzstoß erreicht hat, bleibt sie kurz stehen. Ihr Blick wird von einer farbigen Masse angezogen. Ein Einkaufsnetz hängt an der rechten Seite der Höhle, beschwert mit schönen Orangen, die einem das Wasser im Mund zusammenlaufen lassen. Der alte Mann im Bus lächelt ihr zu. Er hält seinen Enkel am Gürtel fest … Ohne nachzudenken, geht die Unbekannte um den Stuhl herum, taucht ihre Hand in das Netz und greift sich eine Frucht, als sie das aus der Höhle kommende tiefe Timbre des Kolosses erkennt. Seine Sätze sind genau, seine Worte ausgewählt. Er spricht von Versteinerungen und verlassenen Stränden, von Füßen, die in Schichten von Gebeinen treten. Die Unbekannte begreift, dass er dabei ist, laut vorzulesen.

Solange er liest, denkt sie, habe ich meine Ruhe, und sie beginnt die Orange zu schälen, so wie es der alte Mann gemacht hat, und gräbt die Fingernägel in die Schale. In Gedanken schreibt sie die Karte für ihren Vater. Lieber Papa, wenn ich könnte, wenn wir könnten …

Die Orange ist geschält. Die Unbekannte findet den säuerlichen Geschmack der Zitrusfrucht wieder. Ihre Lippen prickeln ein wenig, die Zunge fährt hin und her, um die Saftreste zu entfernen. Sie ärgert sich darüber, dass sie der Versuchung nicht widerstanden hat. Täte sie nicht besser daran, die Früchte auf dem Sand zu verstreuen, damit es aussähe, als ob der Ziegenbock sich auf seine Hinterpfoten gestellt und das Netz abgerissen hätte?

Wenigstens die Schalen loswerden. Sie wird sie zwischen die Felsen verteilen und dabei an die Ameisen denken, die sie fressen werden. Hier bleibt nichts lange bestehen.

Der Koloss ist verstummt. Die Unbekannte wagt einen Schritt Richtung Höhleneingang. Sie kann nicht anklopfen, es gibt keine Tür, die das Drinnen vom Draußen abtrennt, nur eine Grenze zwischen Licht und Schatten, dann fragt sie scheu, ob da jemand sei, und errötet angesichts ihrer lächerlichen Frage. Niemand antwortet ihrer dünnen Stimme.

Geht vorsichtig weiter. Wagt es nicht, noch etwas zu sagen.

Was sie zuerst sieht: die Kleine, ausgestreckt auf einer Campingmatratze. Ihre Hände sind nach innen gefaltet in einer schmerzhaften Haltung, als ob sie die zarte Haut ihrer Handgelenke schützen wolle. Ihre von einem leichten Laken bedeckten Beine breiten sich ganz flach aus. Oben herum trägt die Kleine nichts. Die Unbekannte wagt sich noch weiter vor. Weiter hinten schaukelt eine Hängematte im Halbdunkel.

Der Koloss liegt auf der Lauer.

Er duzt sie auf Anhieb. Kein herzliches Duzen, eher um seine Überlegenheit zu zeigen. War sie gut, die Orange?, schleudert er ihr mit lauter Stimme entgegen. Du hättest fragen können, wir hätten dir eine gegeben …

Und dann mit leiserer Stimme: Was machst du da, uns ausspionieren? Glaub nicht, ich hätte dein Versteck nicht gesehen.

Die Versuchung, schnell davonzulaufen, alles fallen zu lassen. Die Enttäuschung der Unbekannten ist so groß wie ihre Erwartungen. Womit hat sie gerechnet? Dass er sie in seine Arme nimmt und sie mit einem Handgriff rettet? Dass er mit einer einfachen Kopfbewegung die Nebel der Vergangenheit vertreibt oder mit einem Wort den Lärm, die Zweifel zum Schweigen bringt, sie dem Boden entreißt und sie weit von dieser Welt entfernt? Die Unbekannte beißt sich auf die Innenseite ihrer Wangen. Ihr Blick wendet sich der Kleinen zu, sie sucht ihre Unterstützung, aber die Kleine bleibt stumm.

Hör auf, sie anzustarren, donnert der Koloss, sie ist kein Schmetterling.

Er lässt seine Gelenke knacken, räuspert sich.

Hat dich ihre Mutter geschickt? Du kannst es sagen, hat sie dir gesagt, wo wir sind?

Ihre Mutter? Die Unbekannte stammelt, versichert, dass das eine Verwechslung sein muss, niemand hat sie geschickt, wenn sie hierhergekommen ist, dann einfach … einfach weil …

Der Koloss zieht eine Augenbraue hoch. Los, raus damit! Einfach weil?

Ein gewaltiges Bein, noch eins, er klettert aus seiner Hängematte. Die Unbekannte stammelt, sie entschuldigt sich wegen der Orange, entschuldigt sich, weil sie sich auf ihrem Strand niedergelassen hat, aber der Koloss unterbricht sie, du hast dich nicht auf unserem Strand niedergelassen, dieser Strand gehört niemandem, du hast dich in unserem Leben niedergelassen.

Der Koloss macht einen Schritt, noch einen, dann stockt er.

Weißt du, wie oft ich sie im Jahr habe, die Kleine? Hat ihre Mutter dir das gesagt? Hat sie dir das wenigstens gesagt?

Seine Stimme zittert. Er rammt eine Ferse in den Sand, gräbt ein Loch, als ob er sich zurückhalten müsse, um nicht zuzuschlagen.

Wir hatten Ruhe, Frieden. Ist das zu viel verlangt, Frieden zu haben?

Die Unbekannte will sich erklären, doch ein Schmerz steigt ihren Nacken hinauf, dann füllen sich ihre Arme mit Watte, und der restliche Körper entleert sich, gibt allen Platz frei für die Worte des Mannes, für seinen maßlosen Zorn.

Als die Unbekannte wieder zu Bewusstsein kommt, liegt sie im Schatten, wahrscheinlich in der Höhle, obwohl sie das nicht überprüfen kann. Alles ist verschwommen, dann klar, dann wieder unscharf, unmöglich, das mit Sicherheit zu sagen. Schwere Augenlider auf hellblauen Flecken entfernen sich, kommen näher. Die Wimpern sind sehr blond, eng beieinander. Die Haut samtweich. Über der Oberlippe zeichnet sich ein leichter Flaum ab, in dem rechts eine Perle steckt, gefolgt von einem Muttermal. Die Unbekannte hat Mühe zu atmen. Etwas in dieser Aufspaltung stört sie. Sie hätte es gern, wenn diese beiden Auswüchse zusammenkämen, wie bei der Orthoptistin bemüht sie sich, den Vogel in den Käfig zu setzen oder den Löwen in den Feuerreifen. Doch anstatt sie übereinanderzulegen, wird sie von den beiden Punkten angezogen, und es ist weder der Vogel noch der Löwe, sondern das Bild des Ziegenbocks, das die Oberhand gewinnt. Er steht vor ihr, mit schaukelndem Gehänge und einer Orange im Maul. Das Maul versiegelt wie ein Liebesapfel, verschwindet das Tier im Geröll, um den Platz erneut für das Gesicht der Kleinen freizumachen.

Sie sieht sie nicht an, sie gibt ihr ihre Augen.

Ihre Gesichtszüge verwischen sich hinter ihrem Gefühlsausdruck. Sie ist nicht mehr Nase, Wimper, Mund, sondern Furcht, Zärtlichkeit, Neugier. Ein

Lächeln zeichnet sich auf ihren Lippen ab. Die Unbekannte antwortet spiegelverkehrt. Ihre Atemzüge verbinden sich miteinander: Das Leben ist wieder in Gang gekommen.

Auf der anderen Seite, am Kopfende der Unbekannten, wenn man bei einem überhängenden Felsen von »Kopfende« sprechen kann, steht der Koloss, ernst, mit den Händen in den Hüften. Die Unbekannte dreht den Kopf zu ihm, sie fühlt sich zurückgedrängt. Sie murmelt: Es geht mir nicht gut, man müsste einen Arzt rufen – dieser Satz ist sinnlos, sie wird sich dessen bewusst, sobald sie ihn ausspricht. Sie hat erneut das Verlangen, sich zu übergeben, zu weinen, nichts kommt heraus. Ihre Haut ist warm, aber darunter ist es kalt.

Der Koloss beugt sich zu ihr hinüber. Hat dir noch nie jemand gesagt, dass man einen Hut aufsetzen soll, wenn man sich in der Sonne aufhält?

Die Unbekannte versucht aufzustehen. Irgendetwas pocht in ihrem Kopf, oder aber es ist der Kopf selbst, der gegen den Sand geschlagen ist, sie will sich wehren, sie will fliehen, aber sie bleibt völlig reglos, und niemand, weder der Koloss noch die Kleine, ahnt etwas von dem Albtraum, der sich in ihrem Inneren abspielt.

Die Unbekannte stützt sich auf ihren Ellbogen und trinkt Wasser in kleinen Schlucken. Der Koloss spitzt mit seinem Taschenmesser eine Bambusstange an.

Es tut mir leid, wiederholt er, ich entschuldige mich, ich hätte nicht schreien sollen. Ich habe mich in dir geirrt. Jetzt kannst du deinen Beutel wiederhaben. Und abziehen.

Die Unbekannte sieht sich um. Ihre Sachen liegen auf dem Boden verstreut, neben der Strohmatte, auf der sie liegt. Der Koloss hat alles aus ihrem Beutel herausgenommen, alles durchsucht. Er hat begonnen in ihrem Heft zu lesen.

Röte steigt in ihr Gesicht. Es wäre ihr lieber, wenn er manche Dinge nicht wüsste. Zum Beispiel, dass sie sich zur gleichen Zeit gestreichelt hat wie er sich. Wobei. Sie streckt die Hand aus, um ihr Heft an sich zu nehmen – der Koloss ist schneller. Mit dem Ende der Bambusstange lässt er es in die Luft fliegen und fängt es geschickt auf.

Ich behalte es, sagt er, für die Orange.

Die Stimme ist leise, fast sanft, ohne jeden Deut von Aggression.

Du kannst sie alle nehmen, wenn du magst. Ich spreche von den Orangen. Und nimm dir auch Wasser, du tust mir weh mit deiner Limo. Du musst viel trinken. Da, iss den, du musst zulegen.

Der Koloss reicht ihr einen Riegel Marzipan.

Los, nimm das, sagt die Kleine – zum ersten Mal richtet sie das Wort an sie. Nimm schon, genier dich nicht. (Mit dem ausgestreckten kleinen Finger zeigt sie auf einen Blechkoffer.) Wir haben einen ganzen Vorrat davon. Und mit dem Kinn auf ihren Vater deutend: Er hat immer Angst, dass es an was fehlt. Genauer gesagt, dass es mir an was fehlt.

Der Koloss hat sich entfernt und blättert das Spiralheft durch. Die Kleine spielt mit den Haaren der Unbekannten. Sie zieht an den Locken, lässt sie wieder los, freut sich über den Federeffekt, und dann singt sie auf Englisch eine sentimentale Ballade, mit einer Stimme, die ihrer nicht ähnelt, einer Fernsehstimme. Mit näselnder Stimme, den Rhythmus perfekt gehalten. Die Unbekannte will aufstehen, die Kleine hält sie am Bein fest. Die Berührung ihrer Hand lässt sie erschaudern. Es ist lange her, dass jemand ihre Beine berührt hat. Um die aufkommende Verlegenheit zu vertreiben, ergreift die Kleine wieder das Wort und lässt es nicht mehr los. Ich hätte es gern, sagt sie, wenn wir zu dem blassen (unverständliches Wort) gingen. Wir müssten zu dem (unverständliches Wort) gehen. Warum gehen wir nicht zu dem (unverständliches Wort)? Verstehst du mich?

Sie versteht nicht, warum man sie nicht versteht.

Wiederholt unermüdlich das gleiche Wort, zehn Mal. Als ob sie im Leerlauf wäre. Hund? Pfund?

Mund womöglich, worüber will sie reden?

Der blasse Mund?

Der Koloss tritt in den Höhleneingang. Er hat die Lektüre des Heftes beendet. Das Bild der Unbekannten, die sich hinter dem weißen Felsen streichelt, hat sich ihm eingeprägt. Er schämt sich nicht, warum soll er sich schämen? Er hat Lust. Ein kräftiges, spontanes Verlangen, das ihm einen Ständer beschert.

Die Kleine fährt fort: Wollen wir zu dem Mund (davon ausgehend, dass es sich um einen Mund handelt) gehen, ich will zu dem blassen Mund gehen, das ist nicht weit, gehst du mit? Du bist doch nicht mehr krank? Fühlst du dich gut?

Sie tritt von einem Fuß auf den anderen, nervöse Ticks lassen ihre Augenlider flattern. Ihre Unruhe überwältigt sie. Die Unbekannte sieht sie wieder, wie sie Steine ins Meer wirft, mit der gleichen Kraft, dieser gleichen Begeisterung, die sich so sehr von ihrem gewöhnlichen Phlegma unterscheidet.

Einverstanden, dass du mit mir gehst? Du hast ja gesagt, oder?

Ihre Worte brechen losgelöst voneinander hervor, finden kaum zusammen, um einen Satz zu bilden, sie stottert, fasst sich wieder, ja, hast du gesagt, oder? Warum antwortest du nicht! Sag ja, sag nein, aber sag was!

Der Koloss dreht sich schlagartig um. Keine Diskussion, tobt er, ihr bleibt beide hier. Sie muss sich ausruhen.

Geht auf seine Tochter zu und schwingt seinen Stock: Und du beruhigst dich.

V

Wenn die Kleine über den Sand läuft, hinterlassen ihre Füße keine Spuren, oder fast keine. Ihre Hände sind dünn, ihre Finger extrem schmal. Man könnte sie für geschickt halten, von großer Geschmeidigkeit, aber in dem Moment, da sie sich als nützlich erweisen sollen, verkrampfen sie und werden ungeschickt. Wenn sie nach dem Schilfrohr greifen will, das ihr Vater zugeschnitten hat, muss sie zuerst mehrere Teile ihres Körpers darauf einstimmen. Ihnen liebevoll zureden. Dann erst wird sie sich bücken, mit den Fingern den Stock umschließen und ihn aufheben. Noch wird sie ihn zu tief oder zu hoch halten. Sie wird nicht intuitiv das Gleichgewicht finden, sie muss es suchen, mehrmals ihre Hand neu platzieren, um Erfolg zu haben.

So geht es ihr mit vielen Dingen.

Das Ergreifen also, ganz einfach, aber auch das Ergreifen des Wortes. Anfangs ist ihre Stimme abgehackt, zögerlich, schrecklich verführerisch, aber wenn der Satz losgetreten ist, ist sie nicht mehr aufzuhalten. Übergangslos wechselt die Kleine vom

Gedicht zum Epos. Wenn ihre Lider auf ihre Augen fallen, schlägt sie einen anderen Ton an. Sie wechselt abrupt das Thema, ohne dass man weiß, ob es ein Anzeichen von Humor oder von gedanklicher Abschweifung ist.

Mit der Spitze des Schilfrohrs ritzt sie Zeichen in den nassen Sand.

Die Abdrücke, die ihre Füße nicht hinterlassen haben.

Ein schiefes Kreuz, ein Stern mit fünf Zacken, ein Strich: das ist ihre Unterschrift.

Sie lächelt. Wischt mit ihren Zehenspitzen die Inschrift weg. Nun bist du dran!, sagt sie.

Die Unbekannte schreibt ihren Namen, sie gibt sich Mühe, beißt an ihrem Mundinneren herum. Die Kleine sieht sie skeptisch an, als ob sie keine Verbindung sähe zwischen den in den Sand gemalten Buchstaben und dieser jungen Frau, die vor ihr steht. Zweifel machen sich breit. Der Koloss beobachtet sie von weitem. Seine Zärtlichkeit ist unerschütterlich, sie macht aus diesem großen Wesen mit rauem Charakter ein Leuchtkissen. Er ist für seine Tochter da, er wird immer für sie da sein, diese Worte sagt er abends, wenn sie schlafen geht.

Und dein Familienname, fragt die Unbekannte, schreibt sich auch mit einem Stern? Als Antwort streckt die Kleine neckisch die Zunge heraus, macht auf dem Absatz kehrt und läuft zu ihrem Vater. Als sie bei ihm ankommt, hebt er sie hoch wie das kleine Mädchen, das er mit ausgestreckten Armen in die Luft warf, und man stellt sich ihr Lachen vor, ihr nicht enden wollendes Schreien.

Und dann nichts mehr. Jeder in seiner Ecke.

Früher Nachmittag, blauer Himmel, Sonne. Der Koloss schläft in der Hängematte, ein aufgeschlagenes Buch liegt auf seinem Bauch. Das Buch hebt und senkt sich im Rhythmus seines Atems. Manchmal tut der Koloss nur so, als ob er schlafe, doch jetzt schläft er wirklich, es sei denn, er gibt nur vor zu schnarchen, was wenig wahrscheinlich ist. Die Kleine greift mit der Hand unter ihre Campingmatratze und zieht einen Eckspanner hervor.

Ich werde dir … meine Geheimnisse zeigen, sagt sie zu der Unbekannten.

Umstandslos holt sie heraus: eine signierte Konzertkarte, ein vierblättriges Kleeblatt in einem durchsichtigen Umschlag, ein Foto mit ihrer Mutter (man könnte sie für Schwestern halten, oder?), ein anderes mit ihrem Vater vor einem geschmückten Tannenbaum – er trägt einen bordeauxroten Bademantel, mit nackten Beinen, die Proportionen sind seltsam. Auch Bilder, die aus Zeitungen herausgeschnitten wurden und alle spindeldürre, angeberisch vor dem Objektiv posierende Jugendliche zeigen.

Und hast du noch mehr Fotos von dir?

Sie zieht einen Personalausweis aus der Mappe. Verdeckt mit ihrem Daumen das Geburtsdatum. Auf dem Foto ist ein junges Mädchen mit kurzen Haaren zu sehen, ein Bubikopf.

Das bist du?

Aber klar, was glaubst du? Findest du … findest du mich hübsch?

Du bist hübsch. Selbst wenn du dir da selbst nicht ähnlich siehst.

Mit welchen Haaren, wie gefall ich dir besser, mit kurzen Haaren?

Die stehen dir gut, ja.

Am Ende des Tages wird der Wind stärker, aber es ist kein ablandiger Wind mehr, der die Wellen von hinten packt und einen Nebel aus Tröpfchen bildet, die die Farben des Regenbogens annehmen. Es ist ein heißer Wind, der in Richtung Meer bläst. Er bringt Sand aus einem anderen Land mit, von der anderen Seite des Horizonts. Ein Land im Krieg, denkt die Unbekannte, während hier alles so ruhig ist.

Ruhig nicht für alle.

Ein Krebs kommt aus seinem Bau hervor, mit Augen, die wie Periskope oben angebracht sind. Die Kleine folgt ihm. Sein Panzer ist zart, beinahe durchscheinend. Er kommt ans Wasser, zögert – sie nutzt das aus, um ihn mit Daumen und Zeigefinger zu packen.

Mach die Augen zu, Dickerchen, befiehlt sie mit ernster Stimme, verstehst du mich, ich hab gesagt, du sollst die Augen zumachen!

Der Krebs bewegt seine Scheren, um freizukommen, sie zerdrückt ihn mit einer schroffen Bewegung und lässt ihn vor ihre Füße fallen. Der Panzer hat geknackt wie ein altbackenes Macaron. Eine grünliche Flüssigkeit ist ausgetreten. Die Kleine verzieht das Gesicht. Ohne Eile geht sie in die Höhle zurück, hält auf halbem Weg an, betrachtet ihre dreckigen Finger, streckt sie der Unbekannten hin, damit die sie auch betrachten kann.

Warum hast du ihn zerdrückt? Was ist in dich gefahren?

Die Antwort wird später kommen, nach dem Abendessen.

Ich mochte ihn nicht, wird sie sagen. Er hat mich schief angesehen.

Von wem sprichst du?

Von wem wohl …

Die Unbekannte runzelt die Stirn. Alle, die du nicht magst, tötest du?

(Leichtes Lächeln, schiefe Lippen.) Wenn ich … wenn ich kann, ja, das ist am besten. Das Beste, was man tun kann.

Dann sagt sie, nachdem sie kurz nachgedacht und sich wieder den Gesichtsausdruck eines ernsthaften kleinen Mädchens zugelegt hat: außer die Fledermäuse. Ich mag Fledermäuse nicht, aber es ist zu schwer, sie zu fangen. Ein Krebs hingegen, wenn du den im richtigen Moment fängst …

Sonst würdest du sie töten?

Wen würde ich töten?

Die Fledermäuse.

Du glaubst, dass sie tot sind, die Muscheln, wenn du sie mit deinem Messer öffnest?

Die Muscheln, ja, und die Seeigel, die der Koloss von seinen Meeresausflügen mitbringt. Die Unbekannte spürt noch den zuckrigen Geschmack der Korallenklingen.

Die Kleine hat gewonnen. Am späten Vormittag des nächsten Tages brechen sie auf zum blassen Mund oder zu dem, was sie den blassen Mund nennt, aber seltsam ausspricht: eine Spalte im dritten Gang, der sich hinten in der Höhle auftut. Sie hat ihre Taschenlampe nicht mitnehmen wollen – wir brauchen kein Licht, ich kenne den Weg auswendig. Und dann gewöhnen sich die Augen daran. Zwangsläufig, du wirst sehen, ganz schnell, siehst du?

Ich sehe es, hatte die Unbekannte geantwortet, und sie hatten gemeinsam gelacht, freiheraus, zum ersten Mal.

Ein gutes Kinderlachen ohne Hintergedanken. Vergessen der Krieg. Der Krebs, der sich nicht nur fortbewegt, sondern sie schief ansieht, die lebend gegessenen Muscheln. Tastend waren sie durch den Tunnel gegangen, bis sie die Feuchtigkeit unter ihren Fingern spürten. Noch ein paar Schritte und die Kleine hatte gemurmelt: Hier ist es, wir sind angekommen. Sie hatte sich zu der mit Quarz gemaserten Wand gedreht und ihre Lippen daraufgedrückt. Sie war so geblieben, die Handflächen an beide Gesichtshälften gepresst, direkt vom Felsen trinkend. Auf ihr Drängen hin hatte die Unbekannte es ihr nachgemacht. Ihre Zunge hatte in der Spaltmulde nach Wasser gesucht. Etwas, das über sie hinausging, hatte von ihr Besitz ergriffen, eine Empfindung oder eine Beunruhigung, schließlich ein Gefühl, das dem Genuss und der Verlegenheit ähnelt. Die Kleine hatte ihre Hand auf den Nacken der Unbekannten gelegt, ihre Kopfbewegung begleitend. Nach einigen

Minuten war die Quelle versiegt. Einige Minuten, das ist viel. Sie waren schweigend zurückgegangen, hintereinander, und jede mit diesem Geschmack von Eisen im Mund. Von diesem Tag hatten sie nie mehr gesprochen.

Dass der Koloss der Unbekannten erlaubt hat, sich in der Höhle einzurichten, versteht sich von selbst, aber dass er das nicht ausgenutzt hat, um sie zu verführen, das ist überraschend. Er hatte ihr gesagt, sie könne bleiben, dass seine Tochter dadurch ein wenig Gesellschaft hätte. Er hatte ihr geholfen, ihre Sachen aufzuräumen, ihr einen Paravent gebaut, um ihre Intimsphäre zu schützen, denn seit ihrer Ankunft ist Nacktheit nicht mehr angesagt. Selbst die Kleine schläft mit einem T-Shirt, und wenn sie zum Wasser geht, trägt sie einen Bikini. Die Abdrücke zeichnen sich nach und nach wieder auf ihrer Haut ab. Über der BH-Schließe hat sie ein Muttermal in der gleichen Farbe wie das, das neben dem Piercing sitzt. Ein drittes sitzt auf der linken Wade, ein viertes auf dem Unterarm. Zieht man eine Linie zwischen diesen vier Punkten, erhält man ein Sternbild. Die Unbekannte sagt das der Kleinen, die nicht, aber auch wirklich gar nicht versteht, worauf sie hinauswill.

Wie soll man mit einer geraden Linie einen Punkt im Gesicht mit einem auf dem Rücken verbinden?

Der Gedanke, dass die Linie durch ihren Körper hindurchlaufen könnte, kommt ihr nicht in den Sinn. Mehr noch: es ist ihr unvorstellbar. Unmöglich, sich das vorzustellen. An diesem Tag sieht die Kleine die Unbekannte an, als fände sie sie ein wenig … wie sagt man … sonderbar.

Mitten in der Nacht schreckt die Unbekannte aus dem Schlaf hoch. Sie sucht im Dunkeln nach ihrem Telefon. Sie hat es nicht klingeln hören. Sie wird zu spät ins Atelier kommen. Der Couchtisch ist verschwunden, die Lampe auch, und ihre Bücher, wo sind ihre Bücher? Ihre Hand findet die Außentasche ihres Rucksacks, dann erinnert sie sich, dass sie in der Höhle ist, und schläft wieder tief ein. Der Reisende ergreift Besitz von ihren Träumen. Sie fassen sich an, vollständig angezogen, durch die Kleider hindurch. Die Zärtlichkeiten gehen durch die Stoffe, alle Stoffe, die Baumwolle und die Haut, und bald sind es die Organe, die liebkost werden. Die Hand des Reisenden ruht auf einem kleinen Beutel mit Flüssigkeit. Als die Unbekannte wieder erwacht, ist es Tag. Sie dreht sich um in Richtung Hängematte: Der Koloss sitzt da, sieht sie an. Sie sehen einander an.

Es gibt viele Dinge, die die Kleine nicht kann, schwimmen etwa oder von einem Felsen zum anderen springen, ohne das Gleichgewicht zu verlieren, aber es gibt andere Bereiche, in denen sie unschlagbar ist. Sie kennt Dutzende von Chansons auswendig, von Anfang bis Ende, nicht nur den Refrain. Sie kann auch, ohne nachzudenken, die Farbe der Wörter bestimmen, die sie umgeben. Das Wort Fisch zum Beispiel ist gelb. Selbst wenn es sich um einen roten Fisch handelt, ist er gelb. Da gibt es nichts zu diskutieren.

Der Krebs ist türkisblau. Derjenige, den sie zerquetscht hat, und alle anderen. Und alle Klammern, Stangen und Zangen, Haarklammern, Zuckerzangen, Drahtzangen, Brechstangen: alle türkis.

Die Wörter haben einen Sinn, aber nicht nur. Sie können sich nach Farbschattierungen organisieren, was zu originellen Kombinationen führt. Der Lastwagen tut sich mit der Vergangenheit zusammen: Beide sind braun. Das Gleiche gilt für Teller und Blatt, Blume und Papier. Die Kleine ist begabt darin, ungleiche Paare zu bilden. Aber ist sie sich dessen bewusst? Es sieht nicht so aus, da das für sie sehr logisch, sehr normal ist. Das Geringste. Sie versteht nicht, was die anderen machen, dass sie die Farbe der Wörter nicht sehen. Ihre Blindheit erstaunt sie.

Die Unbekannte beneidet sie um dieses besondere Talent. Eines Abends gibt sie ihr ein Buch. Die Art und Weise, wie die Kleine es in die Hand nimmt, öffnet und konzentriert am ersten Absatz hängen bleibt, weckt ihre Neugier. Die Seite scheint losgelöst von ihren Augen, undurchlässig für ihren Blick. Sie ist nicht die Unterlage der gedruckten Sätze, sondern ein mit abstrakten Zeichen punktiertes Objekt. Wenn die ausgesprochenen Wörter Farben heraufbeschwören, bleiben die geschriebenen Wörter ohne Stimme, erschreckend leblos. Sie sagen ihr nichts.

Die Unbekannte fragt sich schließlich, ob die Kleine lesen kann. Sie will ganz sicher sein. Am nächsten Tag nimmt sie am Strand den Stock des Vaters und schreibt in den Sand: »Kannst du lesen?«

Nachdem die Kleine eine Weile zugesehen hat, zuckt sie mit den Achseln. Natürlich kann ich lesen, gehst du heute nicht schwimmen?

Die Unbekannte schämt sich dafür, dass sie an den Fähigkeiten der Kleinen gezweifelt hat.

Die Kleine hebt einen gestreiften Stein auf und nimmt ihn in den Mund, dann wieder heraus, beobachtet die Muster, die ihr Speichel sichtbar gemacht hat.

Entscheidende Woche, prophezeit sie, die Ungeduld wird groß sein. Siehst du diese zwei weißen Kreise … völlig parallel … ein gutes Zeichen, oder?

Wenn du es sagst …

Die Kleine kann Steine lesen. Für Bücher braucht sie Zeit, zu viel Zeit, dann verliert sie den Mut, und deshalb lässt ihre Mutter sie zu Haus, anstatt sie auf die Schule zu schicken – das erzählt der Koloss ein paar Stunden später, und er fügt hinzu, dass seine Tochter einen Großteil des Tages vor dem Fernseher verbringt. Nicht sie ist das Problem und ihre Konzentrationsschwierigkeiten, wie ihn alle glauben machen wollten, das Problem ist ihre Mutter.

Ihre Mutter und ihre Art, ihr jeden Abend die Sachen ordentlich hinzulegen, ans Bettende. Sie arbeitet nur halbtags, angeblich, damit sie sich um ihre Tochter kümmern kann. Nach dem Mittagessen erledigen sie die Einkäufe im Einkaufszentrum. Selbst wenn sie nichts zu kaufen haben, gehen sie einkaufen. Ihre Mutter liebt Supermärkte. Und die Heimwerkerläden. Da findet sie ihre Kerle, mit ihrer Tochter als Lockvogel.

Die Unbekannte hat einen Hustenanfall, sie hat sich an ihrem Speichel verschluckt. Der Koloss klopft ihr auf den Rücken, ein männlicher Klaps, der den Speichel und den Hustenreiz vertreibt.

Du musst nicht alles glauben, was ich dir sage, entschuldigt er sich. Ich bin natürlich nicht in der Lage, objektiv zu urteilen. Es ist nicht leicht mit der Kleinen. Ihre Mutter hat sie zum Fernunterricht angemeldet, aber sie behält nichts, außer Chansons. Sie weiß es einen Augenblick lang, dann vergisst sie es, und man muss mit allem von vorn beginnen, mit den Erklärungen, den Übungen. Es gab eine Krise nach der anderen, es war zum Verrücktwerden. Inzwischen lässt sie sie nach ihrem Rhythmus arbeiten, ich glaube, das klappt besser. Sie sieht sich gern Comedyshows an? Sie lässt sie Comedyshows ansehen. Und anderes Zeug, vorausgesetzt, sie isst ordentlich.

Anderes Zeug?

Der Koloss hat plötzlich keine Lust mehr zu erzählen, er lenkt die Unterhaltung in eine andere Richtung. Jetzt stellt er der Unbekannten Fragen. Er will wissen, woher sie kommt, was sie gemacht hat, bevor sie an den Strand gekommen ist.

Was sie gemacht hat? Wen kümmert's. Sie arbeitete, wohnte, schlief, ging und sagte sich oft: durchhalten, ich muss durchhalten. Und dann hat sie sich eine Angina eingefangen. Der Arzt hat ihr geraten, Ferien zu machen. Und so kam's, sie macht Ferien.

Wirklich?

Teilweise. Ich bin nicht zum Arzt gegangen. Ich gehe nie zum Arzt. Nur um mir Blut abnehmen zu lassen. Aber nicht beim Arzt. Und außerdem war es auch keine Angina.

Ein steifer Hals?

Wie hast du das erraten?

Wie du deine Hand am Hals hältst und ihn oft auf diese Weise massierst.

Aber ich hab keine Schmerzen mehr.

Deine Hand hat die Erinnerung an den Schmerz bewahrt. Und was hast du gemacht, bevor du losgefahren bist?

Ich habe die Mülleimer runtergetragen.

(Und später:)

Warum hast du das mit der Angina behauptet? Findest du das schicker als einen steifen Hals?

Ja, das wird es sein. Schicker. Und außerdem ist es auf der Vorderseite.

Dir gefällt nicht, was in deinem Rücken passiert.

Vielleicht …

Das ist doch interessant. Du weißt, dass du einen sehr … außergewöhnlichen Rücken hast? Hast du ihn dir schon mal im Spiegel angesehen?

Und der Koloss führt sie zu einem Spiegel, der

in der Höhle hängt, ein Doppeltaschenspiegel im blauen Plastikrahmen, kaum groß genug, um darin eine ganze Hand zu sehen.

Was für ein Reinfall.

Du musst mir glauben, dein Rücken ist besonders.

Die Unbekannte hätte gerne, dass er es ihr offen ins Gesicht sagt, aber das tut er nicht. Die Schulterlinie, die sich abzeichnenden Rippen, die Wölbung der Lenden, die Schulterblätter, die wie zwei kleine Flügel hervorspringen, nur das scheint ihn zu interessieren. Und was ist mit ihrem Gesicht? Ihren Augen? Von ihren Brüsten nicht zu sprechen, aber dennoch … was ist mit ihnen?

Die Gespräche mit dem Koloss beginnen am frühen Morgen und enden spät in der Nacht. Es fällt ihnen schwer, sich voneinander zu trennen. Eines Abends spricht er wieder von seiner Tochter, als sie klein war, wirklich klein. Sie war ein strahlendes Kind, die Passanten drehten sich um in der Straße, um sie anzusehen. Er erinnert sich daran, wie sie bei einer Weihnachtsaufführung als Prinzessin verkleidet das Publikum von den Sitzen riss. Sie hatte ein besonderes Talent, eine außergewöhnliche Präsenz.

Selbst wenn sie nichts machte, vor allem wenn sie nichts machte, zog sie die Komplimente auf sich. Und dann ist irgendetwas schiefgelaufen. Das zauberhafte kleine Mädchen, das alle liebten, wollte nicht größer werden, und es wurde beängstigend, als würden zwei Alter im selben Körper einen Kampf austragen. Sie hatte angefangen zu stottern. Er sah sie vor sich, wie sie stundenlang am Küchentisch saß und die Mähne ihres Filzpferdes striegelte. Sie war geistesabwesend. Anderswo. Wie abgeschnitten. Zu ihrer Mutter behielt sie einen zärtlichen Umgang bei, aber wenn er sie küsste, wischte sie sich die Wange ab. Sie zum Essen zu bringen war ein Martyrium. Man musste unerhörte Tricks anwenden, sie hatte nie Hunger, sie fand sich zu dick, und dass es ihr nicht mehr gelang, ihre Hose zuzuknöpfen, sollte der Beweis dafür sein – sie klammerte sich an ihre Kleinmädchensachen, an ihre rote Hose, die ihr bis zum Knie ging. Sie kratzte sich bis aufs Blut, wenn man sie zwang, sich anders anzuziehen, ihre neuen Kleider juckten, bis ihre Mutter die alten in der Nacht größer machte. Er war gegen diese List, die in seinen Augen die Kleine in ihrer Obsession bestärkte. Eines Abends hatte er die berühmte rote Hose in den Mülleimer gesteckt. Seine Frau hatte ihm vorgeworfen, mit der Hose auch ein Medaillon weggeworfen zu haben, in dem ein Milchzahn und eine Haarsträhne der Kleinen aufbewahrt wurden. Sie hatten sich heftig darüber gestritten. Sehr heftig. Er war mitten in der Nacht weggegangen. Als er zurückkehrte, war das Türschloss ausgetauscht worden.

Sie war es, die mich aus dem Haus getrieben hat, wiederholte der Koloss, ich wollte nicht gehen, nicht die Kleine zurücklassen. Am nächsten Morgen wollte ich sie in der Schule abholen, aber sie ist an mir vorübergegangen, als würde sie mich nicht kennen. Sie hat sich nicht einmal umgedreht, als ich sie gerufen habe.

Der Koloss hat glänzende Augen. Später wird er auf die berühmte Nacht zurückkommen und ihr Details hinzufügen. Wenn er von dem Augenblick spricht, als die Mutter der Kleinen ihn vor die Tür gesetzt hat, verwendet er nie das Wort Trennung, sondern das Wort Bruch. Sie haben sich nicht getrennt, sie hat mit ihm gebrochen.

Die Unbekannte träumt, so viel Sand gegessen zu haben, dass ihre Gedärme aus Sandpapier bestehen. Wenn sie von ihren frühesten Erinnerungen erzählen müsste, würde sie es in folgender Reihenfolge tun (aber der Koloss hat ihr die Frage noch nicht gestellt):

– Ich liege im Pyjama in einem Kinderbett. Starrsinnig versuche ich, den Kopf zwischen den Gitterstäben durchzustecken, es gelingt mir. Die Erinnerung sagt mir nicht, wie ich ihn wieder herausbekommen habe.

– Beim Spielen reihe ich Perlen auf, eine davon steckt plötzlich in meiner Nase. Ich habe den Eindruck, dass sie bis zu meinem Auge hochsteigen wird. Ich muss mich sehr kräftig schnäuzen, um sie freizubekommen. Die Erinnerung sagt nicht, wie die Perle in meine Nase gelangt ist.

– Dritter Tag in der großen Schule. Ich will für den Turnunterricht keine Shorts anziehen, ich schäme mich für meine Beine, ich finde sie zu dürr, also tue ich so, als hätte ich mir den Fuß verdreht. Ich verbringe den Morgen in der Krankenstation. Als mein Vater kommt, pustet er auf den Knöchel, und ich habe keine Schmerzen mehr. Auch wenn ich von vornherein keine Schmerzen hatte, habe ich jetzt keine mehr. Vaters Atem hat alles gerichtet.

VI

Als er sie diesmal mustert, sagt er: Es ist nicht die Sonne, die mich blendet.

Ohne Umschweife fragt er sie, ob sie glücklich sei.

Im Wasser spritzt er sie an. Besteht aber auf Abstand.

Am selben Tag bringt er ihr mehr Seeigel, als sie essen kann.

Was hat er im Sinn?

Als sie sich am Abend schlafen legt, muss sie seinen Blick aushalten. Nichts ähnelt einer Liebeserklärung mehr als diese Art, wie er den Blick auf sie richtet. Er geht in die Hocke, um ihr eine gute Nacht zu wünschen; dreht sich ab, gerade als er sie küssen könnte. Sie hat Lust, ihn bei den Ohren zu packen und seinen Kopf unter das Laken zu ziehen. Dieser Mann bringt einen zur Verzweiflung. Sie denkt an ihn, wenn sie schwimmt, geht, liest, sie denkt an ihn, wenn sie sich streichelt, wobei sie ihren Atem kontrolliert, um sich nicht zu verraten. Sie konzentriert sich auf das Geräusch der Wellen. Der

Höhepunkt ihrer Lust entzieht sich ihr, verliert sich in der unendlichen Weite. Ein verwässertes Vergnügen, ein Höhepunkt, der nichts befriedet. Oft fängt sie wieder von Neuem an.

Eines Morgens, sehr früh, zu früh, nähert er sich ihr auf Zehenspitzen, legt seine Hand auf ihre Schulter.

Na also, sagt sie sich, es ist so weit. Sie macht sich ganz schmal, um ihm Platz neben ihr zu lassen, aber er bleibt stehen. Ich muss dich etwas fragen, murmelt er.

Ja?

Ich würde gern …

Ja?

Er würde lieber im Freien darüber reden, wegen der Kleinen.

Ja …

Hier und da ragen am Wegrand trockene Grasbüschel hervor, wie das Zottelhaar eingegrabener Puppen. Eine ganze Armee steckt den Weg ab, mit dem gleichen struppigen, von der Sonne ausgebleichten Haar. Ab und zu ragt ein langer Halm, der aus einer Zwiebel schießt, gen Himmel.

Die Unbekannte hat darauf bestanden, den Koloss bis zur Straße zu begleiten. Er trägt ihr seine letzten Ratschläge vor. Wenn die Kleine aufwacht, gibst du ihr das von mir, das wird sie zum Lachen bringen (er zieht ein Tütchen mit Lakritzschnecken aus seiner Tasche).

Das ist ein Code zwischen uns. Du erklärst ihr, dass ich ins Dorf bin. Sie weiß, dass man den Bus nehmen muss und dass der Bus am Mittwoch Morgen vorbeikommt. Wir haben Mittwoch, oder? Hoffentlich habe ich richtig gezählt. Wenn ich hätte warten müssen, bis sie aufwacht, hätte ich ihn verpasst.

Er spricht schnell, ohne der Unbekannten Zeit zum Antworten zu lassen.

Du erklärst ihr, dass ich die Einkäufe erledige, ihre Mutter anrufe, um ihr das Neueste mitzuteilen. Das werde ich tun, und noch ein paar andere Sachen. Geh über die Abkürzung zurück zur Höhle, dann wirst du zurück sein, bevor sie aufwacht. Und wenn sie schon aufgewacht ist, bleibt sie liegen. Sie wartet immer auf mich, bis sie aufsteht. Willst du, dass ich dir etwas aus dem Dorf mitbringe?

Ja, etwas zu essen natürlich, ich bringe mit, was wir drei brauchen. Nichts anderes, bist du sicher?

Eine Postkarte mit einer Briefmarke.

Nur eine?

Nur eine.

Er fragt nicht, für wen die Karte ist, obwohl es ihn juckt, und auch nicht, was auf ihr zu sehen sein soll, er begnügt sich damit, seine fleischigen Lippen zu einer Grimasse zu verziehen, und die Unbekannte präzisiert, um seine Neugier, vielleicht seine Eifersucht anzustacheln, dass ein Foto von der Küste passen würde, egal welches Küstenstück, nicht unbedingt das hier. Sie legt keinen Wert darauf, dass man weiß, wo sie ist.

Der Koloss nimmt die Mitteilung entgegen, spannt seine Kiefermuskeln an, hustet ein wenig, räuspert sich, spuckt aus. Ein Küstenstück, egal welches, wiederholt er, Schweinerückenstück, Lammrückenstück, ah, überwältigend, dann spricht er wieder von seiner Tochter. Wenn sie zu aufgeregt ist, gib ihr den Schwimmring. Du darfst sie nicht eine bestimmte Schwelle der Aufregung überschreiten lassen, sonst wirst du nicht mehr mit ihr fertig. Zur Not mach den Plastikeimer voll und leer ihn über ihrem Kopf aus, das ist die radikale Maßnahme.

Warum ich dir das sage? Weil ich sie kenne.

Die Unbekannte kann sich schlecht vorstellen, wie sie einen Wassereimer über dem Kopf der Kleinen ausleert. Sie müsste auf einen Felsen klettern, sie hätte nicht die Kraft, den Eimer mit ausgetreckten Armen hochzuheben. Der Koloss scheint besorgt. Er fragt sie noch, ob das nicht zu unangenehm für sie ist, ob sie sich dazu in der Lage sieht …

Nein, das stört sie nicht besonders. Überhaupt nicht. Es gefällt ihr, dass der Koloss sie um etwas bittet, es gefällt ihr, ihm einen Dienst zu erweisen, es gefällt ihr vor allem, dass er ihr dankbar sein wird, und wenn die Kleine zwischenzeitlich ausrasten würde, käme ihr das sehr gelegen und gäbe ihr die Gelegenheit, zu beweisen, dass sie mit heiklen Situationen umgehen kann. In diesem speziellen Punkt vertraut sie sich selbst: es gibt andere Mittel als Wasser, um das Feuer zu löschen.

Eine Herde Ziegen quert die Straße und biegt in einen Weg am Hang des Hügels ein. Eine von ihnen trödelt hinterher, reißt da und dort ein stehengebliebenes Blatt ab, die anderen sind ihr weit voraus. Der Koloss bückt sich, hebt einen Feuerstein auf und wirft ihn kräftig auf die Nachzüglerin. Die Unbekannte begreift nicht, wie er so etwas tun kann (»unmenschlich« ist das Wort, das ihr in den Sinn kommt). Sie denkt wieder daran, wie die Kleine den Krebs zerquetscht hat. Der Koloss macht so weiter, er schreit, klatscht in die Hände, und die kopflose Ziege saust los, um wieder zu ihrer Herde zu kommen, stürzt fast bei jeder Wegbiegung ins Leere.

Sie muss lernen, Angst zu bekommen, erklärt er, sonst wird sie im Kochtopf enden.

Und ich, fragt die Unbekannte, wie werde ich enden?

Wie du enden wirst? Komische Frage … du wirst so enden, wie du angefangen hast. Allein.

Allein? Das ist idiotisch. Niemand ist am Anfang allein.

Wirklich? Ich dachte, dass deine Mutter …

Der Koloss hält inne. Die Unbekannte senkt die Augen. Vermutlich hat er in ihrem Tagebuch die Passage über ihre Kindheit gelesen. *Ich bin geboren aus den Kopfschmerzen eines liebenden Vaters*, hatte sie oben auf eine Seite geschrieben, *geboren aus seinen Träumen und aus seinen Qualen. Von meiner Mutter habe ich nur das Blut.* 0 *Rhesus negativ, als Spenderin universell, aber wenn man es selbst braucht, keine Chance.*

Ich bin ganz allein geboren, hatte sie in einer neuen Zeile hinzugefügt. Der Satz war durchgestrichen. Sie hätte gern weitergemacht, aber alles, was ihr weiter einfiel, schien unnütz.

Die Kleine steht am Eingang der Höhle, eine Tüte Chips in der Hand. Sie wartet artig. Der Aufbruch ihres Vaters scheint sie nicht über die Maßen aufgeregt zu haben. Sie sagt nicht: Er hätte es mir vorher sagen können. Scheint sogar ziemlich erfreut darüber zu sein, einen Tag ohne ihn zu verbringen.

Den Tag und die kommende Nacht, präzisiert die Unbekannte.

Die Nacht? Die ganze Nacht? Er schläft im Dorf?

Das ist schwerer zu verdauen.

Er hat mir das für dich gegeben, er hat mir gesagt, du würdest das verstehen …

Die Kleine beruhigt sich beim Anblick des Tütchens mit Lakritzschnecken. Sie lächelt wie vorhergesehen, legt die Chipstüte beiseite, nimmt eine Schnecke zwischen Daumen und Zeigefinger und entrollt die Spirale, das Ende zwischen ihre Zähne geklemmt.

In meiner Erinnerung, sagt die Unbekannte später, war da eine Kugel in der Mitte. Grün, gelb, blau, hartnäckige Farbstoffe, die lange auf der Zunge bleiben.

Die Kleine ist ganz auf dem Laufenden. Schnecken mit Kugel gibt es immer noch zu kaufen, aber sie bevorzugt die ohne Bonbon, nur das Schwarze. So kann man durch das Loch schauen – sie heftet ein Auge vor das Objektiv der Lakritzschnecke, der Riemen, ein doppelter Riemen, der einen Sicherheitsgurt zwischen ihrem Mund und ihrer Hand bildet.

Sie vollführt eine Rundumbewegung, Steilküsten, Meer, weiße Felsen, dann zurück zum Gesicht der Unbekannten. Verweilt dort. Klick, klack! Verewigt sie.

Das Gesicht der Unbekannten, wenn man Bilanz ziehen will: ihre Wangen sind eingefallen. Ihre Haut ist kupferbraun, schält sich ein wenig an den Wangenknochen. Auf ihrer Stirn ein Mückenstich. Am Haaransatz ein Kreidesaum aus Salzkristallen. Ihr Hals ist langgezogen, wie geschmolzen. Er würde in der Halskrause schlottern.

Der Vormittag vergeht schnell. Die Kleine hat ein neues Spiel erfunden: mit Kieselsteinen den Schatten des Felsens auf dem dritten Strand nachziehen, dem mit dem Kapernstrauch (denn es ist wirklich ein Kapernstrauch), und wenn sich das Licht ausbreitet, zeichnet sie immer neue Linien, indem sie immer kleinere Steine aussucht. Die letzten Kreise sind eingefasst von diesen gestreiften Steinen, die sie sammelt – die im nassen Zustand die Zukunft vorhersagen.

Von oben gesehen sieht es aus wie eine topografische Karte mit Festung und Höhenlinien. Wenn kein Schatten mehr da ist und die Steine das Felsfundament einschnüren, ist es Zeit, in die Höhle zurückzukehren und das Mittagessen vorzubereiten.

Die Kleine durchwühlt den Vorratskoffer, sie zieht eine Dose Ravioli heraus. Sie liebt Ravioli, einfach so, direkt aus der Dose, ohne sie warm zu machen. Sie einfach am Rand abstreifen, um die Soße loszuwerden. Sie mag die weiche Berührung des Nudelvierecks an ihrem Gaumen. Lässt es von vorne nach hinten gleiten, lutscht und saugt daran, bis die Tasche dem Druck der Zunge nachgibt, ihren Inhalt freigibt.

Die Unbekannte verbirgt ihren Ekel hinter einem unbestimmten Lächeln. Sie isst wie die Kleine ein paar Ravioli, sogar aus der Dose. Sie zwingt sich dazu. Es ist dem Koloss gelungen, sie mit der Geschichte vom Wassereimer zu beunruhigen, und schließlich tut sie bis zum Abend alles, um Aufregungen zu vermeiden. Das klappt offenbar, aber es ist anstrengend.

Als es Nacht wird, besteht die Kleine darauf, selbst Feuer zu machen. Beim Schüren der Glut verbrennt sie sich beinahe. Die Unbekannte kocht Reis, den sie mit der Raviolisauce vermischt. Sie fügt frische Kapern hinzu und eine Art fettigen Salat, den der Koloss Portulak nennt und der aber eher aussieht wie diese Zierpflanzen, die man in öffentlichen Steingärten findet. Nach dem Abendessen spielen sie Karten und gehen früh schlafen.

Gegen sechs Uhr morgens geht der Zirkus los.

Die Kleine will sich unbedingt anziehen, um am Eingang der Schlucht auf ihren Vater zu warten. Sie zieht einen enganliegenden Minirock an, ein Top und Espadrilles mit Plateausohlen, und die Unbekannte muss die Taschenlampe halten, während sie sich schminkt. Sie streckt die Zunge heraus, schwarz vom Lakritz, wie eine Schlange stößt sie sie schnell vor und verdreht die Augen. Sie ist plötzlich redselig, voller Tatendrang.

Dieser rote Lippenstift ist gut, oder? Oder magst du lieber den? Ja, dir ist der lieber, das sieht man dir an. Du bist ein offenes Buch. Jetzt findest du mich zum Beispiel ein bisschen verrückt, aber das amüsiert dich. Du wärst eigentlich gern an meiner Stelle, oder? Das hättest du gern? An meiner Stelle sein?

Die Unbekannte zuckt mit den Achseln. Wenn dieser Gedanke ihr peinlich ist, dann weil er nicht ganz falsch ist. Die Tochter des Kolosses sein … einen unverwundbaren Vater haben, wie in Stein gehauen – die Kleine hat es getroffen.

Die Unterhaltung geht weiter, mit dem Schminken ist sie fast fertig. Um ihren Aufbruch zur Schlucht hinauszuzögern, fragt die Unbekannte sie, ob sie oft zu Partys geht, ob sie gern ausgeht, ob sie einen Freund hat. Die Antworten sind ausweichend. Wir müssen uns wieder hinlegen, schlägt sie mit gedämpfter Stimme vor, es sind noch lange Stunden, bis der Bus kommt.

Warum sprichst du mit mir wie mit einem Baby? Sehe ich wie ein Baby aus?

Die Unbekannte protestiert. Sie hat nichts dergleichen gesagt.

Du hast mir wörtlich gesagt: Es sind noch lange Stunden, bis der Bus kommt. Habe ich geträumt, oder hast du zu mir gesagt: Es sind noch lange Stunden?

Vielleicht, ja, aber ich verstehe nicht, was daran …

Findest du, dass man so mit einem Mädchen in meinem Alter spricht?

Ich verstehe nicht.

Man sagt nicht: Es sind noch lange Stunden. Man sagt allerhöchstens: Es ist noch eine lange Zeit. Und überhaupt, hör auf, mich mit Samthandschuhen anzufassen. Du bist so angespannt, das macht mir zu schaffen. Wovor hast du Angst? Dass ich davonlaufe? Seit gestern Morgen läufst du mir wie ein kleiner Hund hinterher … Hast du Angst, dass ich mir was antue, ist es das? Dass ich dir was antue? Dass ich dich zwischen meinen Fingern zerquetsche? Fürchtest du dich davor, dass …

Die Kleine bricht plötzlich ab, als hätte man den Stecker gezogen. Sie hebt die rechte Hand, schleudert sie gegen ihre eigene Wange, um sich zu ohrfeigen, hält ein paar Zentimeter davor inne, fängt von Neuem damit an, lockert schließlich ihre Finger und streicht damit durch die Luft.

Hast du Angst, dass ich Dummheiten mache?

Sie lacht, ihr Körper entspannt sich.

Ich versprech es, Ehrenwort, keine Dummheiten. Nicht eine einzige Dummheit.

Die Unbekannte hat sich wieder hingelegt, sie entledigt sich ihrer Aufgabe als Aufpasserin wie eines alten Pelzes. Ein haariger Haufen am unteren Ende des aus Treibholz errichteten Paravents. Ein Haufen, nicht einmal zusammengepresst, aus Pelz wohl, abgewetzt, aber wärmend und völlig nutzlos im Juni. Die Kleine hat recht, sie ist groß genug, um selbst darüber zu entscheiden, was sie mit ihrer Zeit macht. Dass sie, wenn ihr danach ist, losgeht, um auf ihren Vater zu warten, ist kein Risiko; nie passiert jemand die Schlucht. Notfalls wird die Unbekannte ihr folgen, mit Abstand.

Beide sind sie getragen vom hauchzarten Gefühl der Aussöhnung.

Die Kleine wird die Höhle nicht verlassen, eine unsichtbare Mauer hindert sie daran. Sie wird kehrtmachen und in die andere Richtung gehen, auf den Spalt zu, mit ihrer schwarzen Zunge, ihrem kurzen Rock und ihren Plateausohlen. Ihre geschminkten Lippen werden einen Abdruck auf dem Felsen hinterlassen. Wenn sie zurück ist, wird sie sich noch vollständig angezogen wieder hinlegen, den Geschmack von Eisen im Mund. So wird die Unbekannte sie ein paar Stunden später finden, in Schuhen, ihr Laken bis unter die Arme gezogen. Im Schlaf ist sie wieder zu dem kleinen zauberhaften Mädchen geworden, das Lakritzschnecken mag. Ohne Bonbon in der Mitte, damit sie die Welt mit Blicken aufsaugen kann. Sie sich nehmen, wegtragen und in ihren Träumen daraus ein Bild machen, das sie mit Sternen bestreut.

VII

Die Kleine schiebt einen Daumen unter den Bund ihrer Shorts. Das Gummiband klatscht gegen ihren Bauch.

Ich bin bereit!

Ihre schmalen Hände sind eifrig mit ihrem Körper beschäftigt, und nach dem Gummiband lässt sie eine Haarspange klacken, sie winkelt die Ellbogen an, löst ihre Haare. Sie schüttelt den Kopf, damit sie sich in ihrem Gesicht, auf ihren Schultern und im Rücken ausbreiten. Da ist nichts Manieriertes in ihren Bewegungen, kein Getue, nur eine Spur von Ungeduld, die ihre Bewegungen nervös erscheinen lässt. Als die Unbekannte ihr vorgeschlagen hat, ein Picknick zu machen, hat sie ohne Zögern zugestimmt, und so gehen sie los, mit Rucksack, Hut und Mütze. Sie nutzen die Abwesenheit des Vaters aus, um von der ewigen Grübelei, von der Routine, der Erstarrung wegzukommen, mehr verlangt die Kleine nicht. Sie hat keine Lust mehr, an der Straße auf ihn zu warten. Wenn er vor ihnen zurückkommt? Tja, dann wird er auf sie warten.

Manchmal bringt er mich zum Weinen, fügt sie hinzu. Er behauptet, dass das den Charakter stärkt. Ich weiß nicht, ob er das sagt, um sich lustig zu machen, aber wie auch immer, zum Lachen ist das nicht.

Je weiter sie in der Landschaft vorankommen, desto mehr gewinnt die Kleine an Freiheit, ihr Gang wird fließender, als sei die Ungeschicklichkeit nur eine Haltung, die sie im Beisein ihres Vaters annimmt, zweifellos um ihn zu erweichen oder weil sie gerührt ist. Sie benötigt immer noch eine Hand, um von einem Felsen zum nächsten zu springen, die Leere macht ihr Angst, aber sie klettert die Küste hinauf, fast ohne zu straucheln, und sie entscheidet, welchen Weg sie nehmen. Sie kennt einen Ort, wo Palmen wachsen, ein paar Kilometer entfernt, ganz in der Nähe eines Flusses. Wenn es dort noch Wasser gibt, können sie schwimmen gehen.

Warum hast du mir davon nie erzählt?

Wovon?

Von dem Fluss.

Papa geht da nicht gern hin, er sagt, der sei verseucht. Vor ein paar Jahren hat der Hügel gebrannt. Ich verrate dir jetzt ein Geheimnis …

Ja?

Ich habe mich immer gefragt, ob er es nicht war,

der das Feuer gelegt hat. Natürlich kann er es nicht gewesen sein, aber wer denn sonst?

Die Leute von der Taverne?

Nein, unmöglich. So sind die nicht.

Du kennst sie gut?

Ja, sehr gut, ich kannte die ganze Familie. Vor allem den Sohn, weil ich mit ihm geschlafen habe.

Sie lässt die Worte ganz ohne Tamtam ins Gespräch einfließen, als ob es sich um etwas Gewöhnliches handele.

Ich habe ihn an einem Sonntag getroffen, und dann habe ich gleich mit ihm geschlafen.

Gleich?

Er war sehr schön. Ich musste mich nicht zwingen.

Du meinst: Er hat dich nicht gezwungen?

Ich weiß nicht.

Wie – du weißt nicht?

Papa weiß nicht Bescheid, erzähl ihm nichts davon. Versprochen?

Versprochen.

Nach langem Schweigen: Und bei dir, war es schön, das erste Mal?

Die Unbekannte antwortet nicht gleich. Nicht schlecht, bemerkt sie endlich.

Die Kleine runzelt die Stirn. Nicht schlecht, wiederholt sie und macht ihre Stimme nach, dann sagt sie wieder in ihrer eigenen: Nicht schlecht, soll das heißen, es hat dir nicht wehgetan? Nicht *zu sehr* wehgetan? Bei mir hat er sich anstrengen müssen, der Arme, er ist einfach nicht reingekommen.

Warum der Arme?

Ich weiß nicht. Er sah traurig aus. Er hat mich auf die Augen geküsst.

Und sie lässt ihren Worten Taten folgen, als könnte sie die Melancholie, die sie mit dieser Szene verbindet, dadurch vertreiben, dass sie sie noch einmal durchspielt. Ihre Lippen sind warm und feucht. Sie lehnt den Kopf ein wenig an, zieht ihn dann zurück, macht ein paar Schritte nach hinten, lächelt vage.

Die kleinen Mauern aus trockenen Steinen fallen langsam in sich zusammen. Von den Terrassenkulturen ist nur die Absicht geblieben. Das Land ist überzogen mit Überbleibseln, Erinnerungen, Narben, hier schwarze, zu einem Totem aufgerichtete Steine, da eine langgestreckte Säule, weiter hinten am Hang des Hügels eine Art Schornstein, der steil ins Tal abfällt - die Überreste einer Mühle, erklärt die Kleine, die sich in der Gegend gut auszukennen scheint. Früher, fügt sie hinzu, war die

Insel bewaldet. Es gab Elefanten und Zwergflusspferde …

Elefanten? Bist du dir sicher?

Heute gibt es noch Robben in den Meereshöhlen. Und in den Bergen Wildkatzen mit Hamsterbacken und einem gestreiften, dichten Schwanz.

Hast du welche gesehen?

Papa hat mir das erzählt. Und an der ganzen Küste hat man Wein angebaut. Später Tabak.

Die Unbekannte sieht sich um. Beim besten Willen kann sie sich hier keine Landwirtschaft vorstellen. Die Erde ist rissig, von Disteln überwuchert. Bei der Wiederbepflanzung schaffen es nur die Büsche, die einen Panzer aus Dornen haben, die warmen Jahreszeiten zu überleben. Die Ziegen stürzen sich auf das kleinste Blatt, am winzigsten Zweig erfüllen sie ihre Mission mit größter Sorgfalt: satt zu werden und im Gegenzug Milch und Arbeit zu geben, als Mitgift Grillfleisch. Die abgebrochenen Äste und die abgenagten Rinden – das sind Ratten, mit ihren gelben Zähnen und ihren teuflischen Augen, erläutert die Kleine, aber wenn sie an einer Wegbiegung ein Ziegenskelett findet, verspürt sie davor keine Abscheu, und sie sammelt sorgfältig, beinahe zärtlich die Knochen ein, dreht sie um, wiegt sie in den Händen. Sie sind weiß und leicht, vollständig sauber. Hier eine Rippenreihe, da ein paar Wirbel, eine

Hüfte, ein Schienbein. Sie hat Spaß daran, sie in veränderter Reihenfolge zurückzulegen und innerhalb weniger Sekunden ein Fantasietier zu schaffen, das sie Lépitère tauft.

Lépitère, blaugrün, ohne nachzudenken.

Aus dem Schädel macht sie ein Geschlechtsteil, die Schnauze nach vorn gerichtet, das Gehörn als Hoden in den Sand gedrückt.

War er groß, deiner?

Meiner?

Dein … (Sie spricht das Wort nicht aus.) Der dich entjungfert hat, hatte der einen großen …

Von wem hat sie diese Neugier? Von ihrer Mutter? Vermutlich hat sie zu viele Filme gesehen, wo sich die Organe in Großaufnahme ineinanderfügen, losgelöst von allen mitschwingenden Gefühlen, denn das ist beunruhigend - verführerisch und verfänglich: ihre laxe Art, Fragen zu stellen. Nur zur Information.

War er groß?

Die Unbekannte zuckt mit den Achseln. Sie antwortet nicht, schaut zu Boden.

War er groß?

Auf der anderen Seite der Einzäunungen des Ziegenterritoriums kommen sie wieder auf einen zum Meer führenden Pfad. Sie halten an, trinken ein paar Schluck Wasser. Rufen etwas, um das Echo zu hören. Die Kleine findet Geschmack an der Sache, singt eine moderne Melodie und hält sich ein imaginäres Mikrofon an den Mund. Die gute Laune kehrt zurück, die Aufmerksamkeiten, die liebevollen Gesten. Die Kleine pflückt Strohblumen, die sie zwischen den Handflächen zerdrückt. Ein Currygeruch steigt auf, sie reibt sich damit die Haare ein, sie will wie diese Blumen riechen, dieser Geruch wühlt sie auf. Dieses Verb wird die Unbekannte verwenden, wenn sie die Szene in ihrem Tagebuch beschreibt, ein für die Kleine etwas zu groß geratenes Verb, ein wenig altmodisch vielleicht: aufgewühlt. Sie ist aufgewühlt.

Der Fluss ist nahezu ausgetrocknet. Was bleibt, ist ein Wasserloch zwischen vier verbrannten Palmen. Obwohl sie verbrannt sind, stechen die Blätter, die wie Bleistifte geformt sind. Unten an den Stämmen wachsen kräftige Triebe. Das Leben beginnt wieder von Neuem, will nichts anderes als neu beginnen. Das Heldentum liegt jetzt auf Seiten der Natur.

Sie kommen von hier, diese Palmen, wie die Wildkatzen, ergänzt die Kleine. Es gibt sie sonst nirgendwo auf der Welt. Wie sagt man noch mal? Autochthon? Das sind Bäume, die zu der Insel gehören, niemand hat sie gepflanzt.

Einheimische?

Ja, Einheimische vielleicht. Du kannst dir nicht vorstellen, wie schön es hier vor dem Feuer war. Wir sind oft hierhergekommen. Das war mein Lieblingsort …

Die Kleine hat ihre Sandalen ausgezogen. Mit nackten Füßen und nach vorne gebeugter Brust beobachtet sie den Zickzacklauf der amphibischen Wanzen. Diese Würmer da am Röhricht mit ihrem Kopf, der wie ein Kleeblatt aussieht (sie zeigt darauf mit dem Daumen), ich wette, du weiß nicht, was das ist (ohne auf eine Antwort zu warten): Das sind Libellenlarven. Man fragt sich, wie aus einem so fiesen Ding ein so schönes Insekt hervorgehen kann. Und da, weiter hinten, mach keinen Lärm, schau …

Ein Schildkrötenkopf taucht aus einem Teppich pistaziengrüner Entengrütze auf. Dann noch eine, die Verstecken spielt. Und nicht länger als sie braucht, um Luft zu holen, bevor sie wieder abtaucht, eine dritte.

Hörst du?, fragt die Kleine und tätschelt ihr Ohr. Sie machen klack, klack! Das ist das Geräusch ihres Panzers. Einmal habe ich eine gefangen. Sie hat angefangen zu fiepen. Ich habe sie nicht gedrückt, ich schwöre! Ich habe sie sofort freigelassen, weil ich

Schildkröten gernhab, sie sehen immer ein bisschen betrunken aus.

Die Unbekannte ist sich nicht sicher, ob sie richtig verstanden hat.

Ja, betrunken, von der Musik, vom Alkohol. Besoffen, ja. Trinkst du? Ich hab dich nie trinken sehen. (Ein Moment Schweigen.) Meine Mutter schon. Nicht oft, aber schon. Um mich zu ertragen, behauptet sie.

Und sieht deine Mutter wie eine Schildkröte aus, wenn sie trinkt?

Nein. Eher wie …

Wie was?

Wie eine Kröte, weißt du, die Augen, der Hals, der anschwillt. Schau!

Drei Schildkrötenköpfe kommen gemeinsam hervor, genau im selben Moment.

Bingo, ruft sie und wischt mit ihrer kindlichen Stimme das Bild ihrer Mutter beiseite, wir haben den Jackpot gewonnen!

Ihre im Licht gewachsene Begeisterung. Lust, sich aneinanderzudrücken, miteinander zu verschmelzen, um nie wieder getrennt zu werden. Der Charme hat gewirkt. Der Koloss ist ausgelöscht.

Ein Stück weiter hinten im Landesinneren füllt sich das Flussbett wieder. Die Kleine hält ihre Beine ins Wasser. Sie wagt es nicht, darin zu gehen, aus Angst einzusinken. Der Lehm ist glitschig, sie hält sich am Ast einer jungen, blühenden Kastanie fest, und weiter geht es. Findest du nicht, sagt sie und hält ihre Finger der Unbekannten unter die Nase, dass das nach Sperma riecht? Jetzt, da sie den Ast der Kastanie geschüttelt hat, ist die Luft voll davon, und die Unbekannte wird unsicher. Sie sagt, dass sie losmüssen, wenn sie noch an der Kapelle picknicken wollen, und sie nicht trödeln dürfen.

Denn die Kleine hat von einer Kapelle gesprochen.

Sich an diesem Wort festhalten, sagt sich die Unbekannte. Kapelle.

Sie gehen los, ohne auf den Weg zu achten, stützen sich gegenseitig. Die Landschaft selbst scheint infiziert von der Zärtlichkeit, die sie verbindet. Wenn es nicht umgekehrt ist. Und die Ruhe, die Hitze, die Schönheit eine Weichmacherfunktion haben.

Ein steiler Weg, in den Stein eingegrabene Stufen, Platanen, kleine Inseln mit grünen Eichen, überall der Geruch von Sperma, ihre Erinnerung. Haufenweise Käfer auf einem unbestimmten Untergrund, Graben, Grillen, Grillen, Rückblick, Grillen – weil sie nicht schauen, wohin sie gehen, haben sie sich verirrt.

Hitze, immer noch das auf Dauer irritierende Zirpen. Bei den grünen Eichen zurück nach Westen.

Mauern mit abgerundeten Ecken, eine weiße Kuppel, Schießscharten, das Ganze bedeckt mit Ziegeln aus gebranntem Ton: Die Kleine lässt sich unter dem Vordach fallen. Glaubst du an Gott?, fragt sie, während sie ihre Waden massiert (diese Art, immer schwierige Fragen mit harmlosen Bewegungen zu verbinden, alles auf die gleiche Stufe zu stellen, Sexualität und Arithmetik, Muskelkater und Spiritualität, als ob wirklich nichts Bedeutung hätte oder als ob es keine Unterschiede gäbe.

Was hast du gesagt?

Ich habe dich gefragt (Übergang zur Achillessehne), ob du gläubig bist.

Die Unbekannte hat keine Meinung dazu.

Das ist doch keine Sache von Meinungen, empört sich die Kleine, glaubst du daran?

Ich glaube nicht.

Du glaubst nicht, dass du glaubst, meinst du das?

Ja, das. Und du?

Das wechselt.

Und jetzt im Moment?

Ein brandneuer, orangener Wasserschlauch liegt aufgerollt hinter der Kapelle. Es klebt noch das Etikett, der Preis daran, er ist noch nie benutzt worden.

Ein Kirchturm ragt außerhalb der Kapelle empor, wenn man dieses von einem Fenster durchbohrte und mit einem Kreuz gekrönte Stück Mauerwerk eine Kapelle nennen kann. Trotz des ärmlichen Anblicks des Gebildes hat die Kleine keine Angst, sich an das Seil zu hängen und zu läuten, so wie sie es jedes Mal gemacht hat, wenn sie mit ihrem Vater herkam. Anfangs war sie nicht schwer genug, und man musste ihr helfen. Heute genügt es, wenn sie die Beine beugt, streckt und wieder beugt, es sind die Muskeln, die die Wirkung erzeugen, nicht mehr nur das Gewicht. Der Lärm prallt ins Tal zurück, zerschellt am Felsen. Die Unbekannte hält sich die Ohren zu.

Hör auf, bitten ihre Augen.

Ergriffen vom Strudel des Nachhalls sieht die Kleine ihren Blick nicht und zieht noch kräftiger. Sie könnte stundenlang so läuten, schneller und langsamer, heftiger und zärtlicher. Sie ist der Ton und diejenige, die den Ton bestimmt. Das Seil schneidet ihr in die Handflächen, doch sie spürt den Schmerz nicht, sie spürt die Erregung. Beim Auf- und Absteigen, beim Öffnen und Schließen erhitzt sich ihr Geschlecht. Sie würde gerne das Seil zwischen ihre Beine klemmen, daran ziehen, es zurückstoßen und ihren Oberkörper nach hinten kippen, sich beklatschen lassen wie die Trapezkünstler im Zirkus Amar - sie sieht sich, den Kopf im Nacken, mit ihrer Mutter im ersten Rang der Sitzreihen, sie applaudiert aus Leibeskräften, und als die Trapezkünstlerin die Manege verlässt, will sie auch gehen. Sie hat unter der Zirkuskuppel nichts mehr zu suchen. Die Clowns interessieren sie nicht, die Jongleure auch nicht, es existiert nur die Trapezkünstlerin in ihrem Pailletenbody, ja, es gibt nur sie, und aus Loyalität, wenn dieses Wort in ihrem Alter etwas besagt, aus Loyalität oder einfach aus Liebe, spart sie ihren Beifall für sie auf. Als sie aufsteht und ihren Mantel anzieht, protestiert ihre Mutter, wir haben nicht zwei Plätze bezahlt, um mitten in der Aufführung zu gehen, wir sind nicht durch die ganze Stadt gefahren und brechen dann auf, ohne die Raubtiere gesehen zu haben, doch die Kleine gibt nicht nach: Diese Erinnerung kommt wieder, als sie die Glocke mit voller Wucht läutet, diese Erinnerung, von der sie der Unbekannten später erzählen wird. Die Erinnerung an eine

Scham, die an ihr nagt – ihre Mutter, die sie in der Öffentlichkeit ausschimpft, und wie die Kleine sich weigert, ihren Mantel auszuziehen – und peng! eine Ohrfeige.

Um dem Lärm zu entkommen, betritt die Unbekannte die Kapelle. Ein starker Geruch von Weihrauch nimmt Besitz von ihrem Körper, vertreibt den des Spermas und der Strohblumen. Ein fast von jedem Schmuck beraubter Heiliger mit faltiger Stirn fixiert sie mit seinen mandelförmigen Augen. Er hält eine Feder in der Hand. Die Jungfrau Maria ist in Rot, ihr Jesus schon alt. Daneben noch ein Fischer, der auf einem Fisch reitet. Eine Öllampe brennt in einem Alkoven, die Kuppel ist ganz schwarz, das Licht tanzt über den Ikonen.

Wer kommt hierher, um sich zu sammeln? Um die Lampe anzuzünden und ein paar Münzen auf dem Tisch zurückzulassen?

Was, wenn jemand hinter dem Vorhang versteckt ist, der plötzlich auftaucht und sie zwingt, niederzuknien?

Die Unbekannte setzt sich auf eine Bank. Sie hat den Eindruck, sich in einer Kulisse zu befinden, der Kulisse eines Stücks, von dem sie weder den Text noch die Figuren kennt. Die Hände artig gefaltet, betrachtet sie die Votivtafeln, als versuchte sie, den

Kern der Geschichte zu rekonstruieren. Zwei Beine, zwei Krücken, ein Fuß, zwei Hände, Augen, eine nackte Brust, mehrere von Flammen überragte Herzen, auf Weißblechplatten verteilt. Hier haben sich die Menschen versammelt, um zu beten. Sie haben an die Heilung geglaubt, an das Wunder, an die Erlösung, sie glauben noch immer daran. Das ist ein Mysterium, das die Unbekannte mit einem Achselzucken beiseiteschieben könnte, doch heute bewegt sie diese Inbrunst. Sie fühlt sich nicht mehr im Krieg mit der Welt. Hat nicht mehr das Verlangen zu fliehen. Was die Wirklichkeitsflucht angeht, ist sie über den Berg.

Später nach dem Mittagessen befeuchtet die Kleine ein Handtuch mit Zitronenwasser aus der Feldflasche und drückt es auf die kalkgetünchte Mauer. Früher war die Kapelle mit Fresken bedeckt. Farben kommen zum Vorschein, verschwinden wieder, sowie das Wasser verdunstet. Ein Männergesicht zeichnet sich ab. Die Kleine zeigt es der Unbekannten.

Das könnte Papa sein, oder? Vor allem der Mund …

Die Ähnlichkeit ist verblüffend. Die Unbekannte hat plötzlich Lust, zurückzugehen, schnell, so schnell wie möglich. Die Kleine versteht ihre Eile nicht. Warum nicht eine Siesta halten unter der Kastanie?

Denn es handelt sich erneut um eine Kastanie hinter dem Kirchturm. Man müsste nur ihren Ast berühren, damit sie ihren Wichsegeruch absondert. Die Unbekannte sammelt die Reste des Picknicks ein. Der Koloss, den Koloss wiedersehen. Ihn nicht mehr entkommen lassen.

Auf dem Rückweg kennt die Kleine den Weg besser. Es ist nicht mehr nötig, am Fluss entlangzugehen, über die Düne kommen sie direkt zum Strand. Sie gehen schweigend, eine hinter der anderen, jede in ihre eigenen Gedanken versunken.

Die Unbekannte im Bewusstsein der Veränderung, die sich in ihr abgespielt hat.

Die Kleine, geschmeidig und geheimnisvoll, fängt hin und wieder grundlos an zu lachen.

Zuerst ist es eine zwischen den Zähnen gepfiffene Melodie, dann das Geräusch von Hufen, die auf den Kies schlagen, dann ein bärtiger Mann auf einem Pferd, der auf ihrer Höhe zum Stehen kommt. Sein Bauch wölbt sich aus seinem Hemd. Seine dünnen, unbehaarten Beine hängen an den Seiten des Tieres herunter. Seine Füße bewegen sich so, als suchten sie die Steigbügel, aber da sind keine Steigbügel, denn es gibt keinen Sattel, nur einen grauen Filzteppich und als Zügel ein Seil und einen Halfter.

Guten Tag, sagt der Reiter auf Deutsch, *wohin gehen Sie?*

Seine Stimme ist melodisch; wenn man die Augen schließt, könnte man glauben, es sei eine Frau, die spricht. Er hat sie für Deutsche gehalten, und da er als Antwort nur eine Handbewegung in Richtung Meer erhält, fügt er hinzu, dass er unterwegs ist, um sich das Spiel anzusehen.

Das Spiel, welches Spiel?, fragt die Unbekannte ihn in einer Mischsprache.

Der Mann lächelt über ihre Ignoranz, es erscheint ihm außergewöhnlich, dass sie nicht auf dem Laufenden ist. In welcher Welt lebt sie? *Es ist doch das Finale!*

Um das Ereignis zu feiern, holt er seine Trinkflasche nach vorne, die er wie ein Gewehr über den Rücken gehängt hat, und nimmt einen kräftigen Schluck von etwas, was kein Wasser ist, so, wie er sich danach den Mund mit dem Handrücken abwischt. Er zieht den Schulterriemen über seinen Kopf und fragt *Wollen Sie?*, was halb belustigt und halb vorwurfsvoll klingt.

Die Kleine, die bis dahin nichts verstanden hat, hält sich plötzlich für ein mehrsprachiges Wesen.

Sie stellt sich auf die Zehenspitzen, greift nach der Trinkflasche und nimmt – hopp! – mit zurückgeworfenem Nacken einen Schluck.

Der Bärtige applaudiert, all das macht ihm Freude. *Gesundheit!* Nun nimmt die Unbekannte die Flasche, heftet ihre Lippen an den Flaschenmund und, hopp!, *Gesundheit.* Das Pferd spitzt die Ohren, sieht sich auf der Suche nach einem Grasflecken um. Vergeblich. Seine Ohren legen sich nach hinten, und jetzt richtet sich sein Schweif auf und entlässt zwei schöne Pferdeäpfel auf ein Büschel Thymian. Der Reiter tätschelt seinen Hals, als wolle er es zu seiner Frechheit beglückwünschen.

Wo werden Sie das Spiel sehen?, fragte die Kleine, nun auf Französisch.

Ein kindliches Lächeln lässt das Gesicht des Mannes erstrahlen. Warum sie ihm nicht früher gesagt hätten, dass sie Franzosen seien? Er hat mehr als fünfzehn Jahre in Frankreich gearbeitet. Louis Aragon, ruft er aus, Juliette Gréco … Léo Ferré … und dieses, kennen Sie dieses Lied? *Rappelle-toi ce chien de mer que nous libérions sur parole, et qui gueule dans le désert …*

Er leiert mehr herunter, als dass er singt, die Reime mit theatralischen Bewegungen begleitend.

Je suis sûr que la vie est là avec ses poumons de flanelle …

Plötzlich bricht er ab, zieht seine buschigen,

hoch oben an der Stirn sitzenden Augenbrauen zusammen.

Was bedeutet das, poumons de flanelle?

Die Unbekannte streckt die Brust heraus, legt ihre Hände platt auf den Brustkorb. *Lunge*, sagt sie, *die Lunge* auf Deutsch.

Die Lunge, übersetzt der Mann, ja, ich weiß, die braucht man zum Atmen. Aber das andere Wort, das danach?

Der Reiter ist weitergezogen, sein Pferd geht im Passgang, mal rechts, mal links, den Kopf hin und her wiegend. Er wäre gern noch ein wenig bei ihnen geblieben, um über Frankreich zu sprechen, doch sein Cousin erwartet ihn auf der anderen Seite des Hügels. Selbst wenn er nicht sicher ist, ob er genau verstanden hat, was »Flanell« ist, dankt er dem Himmel dafür, dass er sie ihm geschickt hat, und wünscht ihnen eine gute Reise, und sieht sie, eine nach der anderen, respektvoll von oben bis unten an, als ob sie, allein dadurch, dass sie Französinnen sind, beim Verfassen dieser Gedichte mitgeholfen hätten, dieser Lieder, die ihn heute begleiten. Er sieht sehr bewegt aus. Vielleicht hat er zu viel getrunken, vielleicht ist er zu einsam, aber das ist nicht der Eindruck, den die Unbekannte von ihm behalten wird.

Die Düne ist gleißend weiß, von oben bis unten mit parallel verlaufenden Wellen gezeichnet. Sonst stört nichts ihre schöne Ordnung, kein Felsen, kein Grasbüschel, kein Kriegshelm, kein einziger Abdruck eines Menschen oder eines Tieres – nur die Spur des Windes. Die Düne kneift durch den starken Wind die Augen zusammen. Da verdichtet sich etwas zwischen demjenigen, der betrachtet, und dem, was betrachtet wird. Hundert Meter weiter unten erstreckt sich das Meer ins Unermessliche. Der Kontrast der Farben ist ergreifend.

Die Kleine lässt ihre Hand in die der Unbekannten gleiten, sie zählt bis drei, und schon laufen sie in großen Sprüngen wie Kinder, die sich ihrer Allmacht gewiss sind. Die Kleine scheint sich sorgenfrei zu fühlen, sie kommt nicht zum ersten Mal hier vorbei. Sie gehört nicht mehr dem Boden, sondern der Luft, die sie umgibt. Die Unbekannte ist angespannt, sie hat Angst zu fallen, denn jeder ihrer Schritte reißt ein Stück Düne heraus, und wer weiß, was da zum Vorschein kommt? Sie könnte über einen versteckten Stein oder einen verschütteten Baumstumpf straucheln. Sie bleibt bald zurück, während sich die Kleine dem Blau nähert.

Wie macht sie das, dass sie sich nichts in die Füße tritt?

Da sind Ameisen, denkt die Unbekannte, die den

Abstieg immer gefährlicher machen, die Wölbung ihres Fußes sendet ihr Notsignale, dass ihr der Atem stockt, endlich begreift sie, was ihr geschieht, das sind keine Ameisen und keine Spinnen, sondern Feuerzungen, die sich in ihre Sandalen schieben, das gleiche Feuer, das den Palmenwald vernichtet hat, das wird ihr bewusst, während sie, das Gleichgewicht verlierend, die Düne mit einer Hand berührt. Der Sand ist brennend heiß, zu heiß für Berührungen, und dennoch setzt die Kleine ihren Weg wie ein Engel fort, sagt sich die Unbekannte, losgelöst von der Erde, während sie selbst auf halber Höhe stecken bleibt, ohne mehr zu wissen, was sie tun muss, um dieser Marter zu entkommen, die Schuhe ausziehen, sie anbehalten, sich hinsetzen, weitermachen. Beim geringsten Schritt wird ihre Haut zerreißen, ihre Beine zittern, sie würde gern ihren Körper verlassen, sich an die Wolken hängen, aber da sind keine Wolken, und das Bild des Kolosses taucht vor ihr auf, wenn er käme, mich zu holen, sagt sie sich, nur er wäre in der Lage, sie aus diesem Backofen zu befreien, aber sie muss sich den Tatsachen stellen: Der Koloss ist nicht da, er wartet nicht auf sie am Strand, am Strand ist nur die Kleine, die mit den Armen in die Luft schlägt, sie ruft sie, feuert sie an, während die Unbekannte schreiend losstürzt, sich den Schmerz auf Abstand hält, indem sie ihm ihre Stimme entgegenwirft, sie weint jetzt, als sie die Düne herunterstürzt. Wirft ihren Blick voraus ins Meer, denkt nur daran, dass das Wasser bald ihre Verbrennungen beruhigen wird, klammert sich daran, um die Kraft zu finden, auf diesem so schönen und weichen Sand voranzukommen, ein Sand wie aus dem Katalog, der so weh tun kann, so weh.

VIII

Was hat er sich vorzuwerfen? Kein einziges lautes Wort, kein Schatten eines Vorwurfs. Er hätte der Unbekannten übelnehmen können, dass sie seine Tochter vom Strand weggeführt hat, oder seiner Tochter, dass sie die Unbekannte auf die Düne mitgenommen hat, oder ihnen beiden, dass sie so lange fort waren – aber nein, nichts von all dem.

Seit seiner Rückkehr aus dem Dorf liest der Koloss ihnen jeden Wunsch von den Augen ab.

Er hat Pflanzen gepflückt, die er zerstoßen und mit Lehm und Olivenöl vermischt hat. Die Füße der Unbekannten liegen auf seinen Knien. Er verteilt den Teig, passt auf, die Haut dabei nicht mit dem Holzstück zu berühren, das ihm als Spachtel dient. Er ist präzise und kraftvoll in seinen Bewegungen, aber wenn er vom Dorf spricht, wird seine Stimme luftiger, als ob er ein entschwundenes Andenken heraufbeschwöre oder ein Traumland, das die Unbekannte weit von seinem Körper fortträgt. Sie denkt zurück an die Nacht in der Höhle mit dem Reisenden. Sie sieht die Kleine wieder in der

Badewanne und den Koloss, wie er ihre Zehen auseinanderdrückt, um den Sand zu entfernen – die Kleine, die sich verärgert im Abseits aufhält. Als sie die Mischung umrühren wollte, ist ihr das Behältnis aus den Händen gerutscht, und alles musste neu gemacht werden. Ihre Lider flattern. Die Ungeschicklichkeit hat sich zurückgemeldet.

Was ihr Vater im Dorf gemacht hat? Das interessiert sie nicht.

Oder besser: sie will nicht, dass er um ihr Interesse weiß. Wenn sie die Augen senkt, ist es, als setze sie ein Ventil in Aktion, das die Ohren verstopft. Der Koloss spielt das Spiel mit. Er spricht mit der Unbekannten, an sie und nur an sie wendet er sich. Seine Erzählung beginnt sich auszuweiten, hüllt sie in seine Abschweifungen ein. Sie hat keine Schmerzen mehr. Sie imaginiert. Sie sieht sich mit ihm, wie sie durch die Dorfgassen laufen. Nicht mit ihren Füßen, sondern mit neutralen Oberflächen, die mit einer Schutzschicht überzogen sind. Eine Treppe hinauf und dann stehen sie vor einer Kirche. Als Trauzeuge wartet ein krummbeiniger Hund auf sie. Weiter unten beim Spielplatz trocknen Kraken an einer Schnur, die zwischen Strommasten gespannt ist. Ihre Tentakel baumeln mit dem Wind. Am Ende stehen sie ab, wie mit einem Lockenstab behandelt. Die Gartenmauern sind bedeckt mit Jasmin und

Bougainvilleen. Auf den Hausdächern warten Gerüste auf den geplanten Ausbau eines Stockwerks. Eine Treppe, die nirgendwohin führt. Überall Solarzellen und Wasserbehälter. Mehrere Schilder preisen Zimmer an, die zu vermieten sind. Der Restaurantsaal riecht nach Chlor, ein sehr alter Mann faltet Servietten und stapelt sie. Eine Katze döst vor sich hin, die Ohren in Alarmbereitschaft, bereit zu türmen.

Plötzlich reger Betrieb, die Fensterläden öffnen sich einen Spalt, als ob die Dorfbewohner alle im gleichen Moment beschlossen hätten, ihre Siesta zu beenden. Die Geschäfte schließen auf. Ein Reisender, der sich verlaufen hat, fragt nach dem Weg. Wohin will er? Man schickt ihn zurück zur Kreuzung, dort stehen Straßenschilder. Jemand ruft mit nasaler Stimme nach jemandem - mehrere Menschen drehen sich um. Auf dem Marktplatz liegen zwei Lebensmittelgeschäfte einander gegenüber, betrieben von zwei Frauen mit lackierten Fingernägeln, die sich zu langweilen scheinen. Die eine trägt einen Dutt, die andere versteckt sich hinter der Kasse, um heimlich zu rauchen. Sie verkaufen die gleichen Waren zu identischen Preisen, deshalb kauft der Koloss die eine Hälfte seiner Vorräte bei der einen, die andere bei der anderen, und wird von beiden gehasst. Ein angemalter Lieferwagen fährt hupend vorbei, er kauft noch Käse und einen Topf Honig. Am Abend isst er eine Fischsuppe mit vielen Gräten. Als Dessert bestellt er einen Kaffee, während die Unbekannte, immer noch mit den Füßen auf seinen Knien, seine Worte aufsaugt. Er ist ein guter Erzähler, mit vielen Details, sagt nicht, wo er geschlafen hat.

Übrigens habe ich dir deine Postkarte besorgt, merkt er an und zieht ein angestoßenes Rechteck aus der Gesäßtasche, und ich habe eine Briefmarke draufgeklebt. Du musst sie nur noch schreiben.

Die Karte hat die Form seines Körpers angenommen, sie ist warm und weich, die Briefmarke löst sich ab. Mit Zunge und Daumen klebt die Unbekannte sie, sich der Bedeutung ihrer Geste bewusst, wieder auf, bevor sie das Kartenmotiv entdeckt – und alles fällt in sich zusammen. Es handelt sich um ein Kochrezept, ein Gericht auf Lammbasis, das nichts gleichsieht. Die einzeln fotografierten Zutaten bilden einen Kreis rund um das Fleischstück.

Es gab nicht viel Auswahl, entschuldigt sich der Koloss. Wär dir ein Sonnenuntergang lieber gewesen? Es gab auch Esel.

Dann leiser: Hättest du lieber einen Esel gehabt? Das hängt natürlich davon ab, wem du sie schicken willst …

Meinem Vater, antwortet die Unbekannte bloß,

das ist eine Karte für Papa, und ihr Hals schnürt sich zu.

Der Koloss würde am liebsten applaudieren, so sehr gefällt ihm diese Information. Für Papa, ruft er aus, das ist ja wunderbar! Man soll immer seinem Papa schreiben, da hast du recht. Wenn ich das gewusst hätte, hätte ich etwas anderes ausgesucht.

Die Kleine lehnt am Rand des Felsens, hält einen Grashüpfer in gekrümmten Handflächen. Der Koloss und die Unbekannte winken sie heran. Sie nähert sich ihnen mit schiefen Schritten, zeigt ihnen ihre Beute.

Tot, bemerkt sie betrübt. Trieb in der Badewanne. Er konnte nicht schwimmen … Oder besser: er wusste nicht, dass er nicht schwimmen kann, sonst wäre er nicht ins Wasser gesprungen.

Die Kleine setzt sich im Schneidersitz neben den Koloss, die Hand immer noch wie ein Löffel geformt, und alle drei bleiben sie so, sagen nichts.

Im Dorf, sagt der Koloss zu seiner Tochter, habe ich Evas Familie getroffen.

Bei der Erwähnung dieses Vornamens versteift sich die Unbekannte. Sie war weit weg gegangen, hatte an großen Projekten gefeilt, an einem langen Satz, der sie alle drei im selben Haus zusammenbrachte. Sie spürt wieder ein Prickeln unter ihren Füßen. Die Kleine frisst ihren Vater mit Blicken.

Ihr Onkel, ihre Mutter, ihre Großmutter, alle sind in bester Gesundheit, fährt er fort und richtet mit der Spitze des Zeigefingers die Fühler des Grashüpfers auf. Eva ist umgezogen. Sie wohnt jetzt beim Restaurant. Sie hat einen Touristenladen aufgemacht, ich glaube, der läuft gut. Ich habe dir ein Geschenk mitgebracht.

Er gibt seiner Tochter ein geflochtenes Lederarmband. Sie wickelt es um den Knöchel, an dem sich bereits die silberne Kette befindet, und fängt an, ein Loch in den Sand zu graben, um den Grashüpfer zu begraben. Er wusste nicht, dass er nicht schwimmen kann, wiederholt sie als Grabspruch, diese Vorstellung gefällt ihr wirklich.

Und du, fragt die Unbekannte, würdest du gern schwimmen können? Ich kann es dir beibringen, wenn du willst. Das ist wie mit dem Lesen, man braucht nur damit anzufangen …

Die Kleine reibt sich die Hände, um die Frage zu vertreiben, sie zu Staub zu machen. Eine Orange, fragt sie in heiterem Ton, wer will eine Orange?

Der Koloss sagt immer noch nicht, wo er geschlafen hat. Die Unbekannte bewegt die Zehen, etwas von der grünlichen Schmiere löst sich. Ihr hätte er auch ein Schmuckstück mitbringen können, diesmal hätte es ihr ausnahmsweise gefallen, ein Geschenk zu bekommen. Aber nein. Nur eine Postkarte, und auch noch die hässlichste. Die Orange ist geschält, der Saft läuft am Handgelenk entlang, der köstliche Geruch wie ein eindringlicher Refrain.

Er spricht mit der Unbekannten, ein langer Monolog mit gesenktem Kopf, während die Kleine ihre Sammlung gestreifter Steine neu ordnet.

Ich hatte ihre Mutter am Telefon, erklärt er. Sie hat mich gefragt, wann wir zurückkommen, sie wollte, dass ich ihr ihre Tochter gebe, so hat sie es gesagt, gib mir meine Tochter, als wenn es nicht auch meine wäre, und als ich ihr gestanden habe, dass ich sie allein mit dir am Strand zurückgelassen habe, hat sie alles hervorgekramt. Ich hätte nichts weiter zu tun, als meine Tochter (diesmal war es meine Tochter) wieder zu mir zu nehmen, wenn das so wäre, sie habe die Nase voll davon, dass alle Verantwortung auf ihren Schultern liegt, auch sie brauche Luft zum Atmen und Ferien am Meer. Ihre Worte waren so heftig, ich weiß nicht, das hat mir Angst gemacht. Angst in Bezug auf die Vergangenheit und Angst vor der Zukunft.

Die Unbekannte hält seinem Blick stand. Ihn,

groß, wie er ist, zu sehen, wie er zu einem kleinen Jungen zusammenschrumpft angesichts einer Stimme aus dem Telefon, das gibt ihr wieder Selbstvertrauen und lässt sie wieder in ihre Träume von einem gemeinsamen Leben versinken. Sie wird dem Koloss helfen, sich um seine Tochter zu kümmern. Sie werden zusammen schwimmen, zusammen lesen und zusammen die Ungeschicklichkeit und den Kummer bezähmen. Sie sind sich nicht zufällig begegnet, das sagt sie sich, und das verleiht ihr Flügel: Sie ist nicht umsonst da.

Als du mir vorhin geantwortet hast, die Postkarte sei für deinen Vater, sagt der Koloss, du kannst dir nicht vorstellen, wie mich das erleichtert hat.

Es hat dich erleichtert, dass ich meinem Vater schreibe?

Nein … doch, ja, indirekt. Es hat mich erleichtert, dass du nicht einem anderen schreibst. (Schweigen.) Weißt du, letzte Nacht habe ich bei Eva geschlafen.

Wie sollte ich das wissen?

Lass mich ausreden. Ich habe bei Eva geschlafen, wie immer, wenn ich ins Dorf gehe. Aber diesmal hab ich sie nicht angefasst. Ich konnte es nicht.

Er hört auf, wartet wohl darauf, dass die Unbekannte ihn zum Weiterreden drängt, doch das tut sie nicht.

Die Kleine stirbt vor Hunger. Die Vorräte sind an der Reihe, ein wahres Festival der Frische, nach all den Konserventagen. Tomaten, Romanasalat, Melone. Honig, ein großer Topf davon, Brot und Schafskäse. Eine Flasche Klaren. Oliven. Drei karierte Servietten (der Reiz, den manche Farbassoziationen ausüben können). Eine Tüte Sonnenblumenkerne.

Nach dem Essen besteht sie darauf, dass ihr Vater Mundharmonika spielt, und bringt ihm das Instrument, hält es ihm unter die Nase - aber er stößt es weg. Sein Fußmarsch hat ihn ermüdet, das behauptet er zumindest. Er braucht Ruhe. Er holt zwei Gläser, zündet eine Kerze an. Küsst seine Tochter wie jeden Abend, zieht ihre Bettdecke ganz hoch, versäumt es aber, die Zauberworte auszusprechen.

Dass er da ist. Dass er immer für sie da sein wird.

Eine Bedrohung liegt in der Luft. Sie dreht sich zum Felsen hin und wartet mit angewinkelten Handgelenken darauf, dass die Unbekannte ihrerseits kommt, um sie zu umarmen, doch die Unbekannte ist anderswo, bereits in einem zukünftigen Leben.

Dann beginnen andere Worte im Kopf der Kleinen zu kreisen, mich gibt es nicht mehr für die, ich störe, ich störe, ich störe ... Sie steht auf und nimmt sich die Sonnenblumenkerne aus dem Dorf. Regelmäßig, systematisch, platziert sie sie zwischen ihre Schneidezähne und lässt sie krachen. Das Salz verbrennt ihre Lippen, und der Augenblick, als sie sich auf die Düne stürzten, zieht als Bild endlos immer wieder an ihr vorbei. Auch sie hat das Feuer unter den Füßen gespürt, sie spürt es noch jetzt, aber wen kümmert es? Sie wollte fliegen, und sie ist geflogen. Sie wollte größer, stärker, schöner sein, und sie ist größer, stärker, schöner gewesen. Sie hat gewonnen, aber anscheinend gehört die Welt den Verlierern. Denen, die Schmerzen haben und die sagen, dass sie Schmerzen haben. Denen, die klagen, und denen, die den Klagenden zuhören. Zwischen zwei Krachern hört sie, wie sie gurren, sie reden und reden immer noch, was haben sie sich Wichtiges zu sagen?

Als sie die Höhle Hand in Hand verlassen, um die Sterne zu sehen, will die Kleine weinen, aber sie weint nicht. Sie hält sich zurück. Sie lässt sie nicht so billig davonkommen. Wenn sie dann am Strand sind, am Wasser, die Augen an den Himmel geheftet, wird sie die Taschenlampe und die Schere holen. Vor dem Plastikspiegel stehend, wird sie so systematisch, wie sie mit den Zähnen auf die Kerne gebissen hat, die Schere an ihren Haaren auf und nieder sausen lassen.

Wird sie zuerst den Pony abschneiden, sich dann um den Rest kümmern, rasend vor Wut und gleichzeitig jubelnd vor Freude.

Ziemlich kurz, kurz, ganz kurz.

Im Spiegel wird sie ihr Kleinmädchengesicht wiederfinden, wie das auf ihrem Personalausweis. Ihre Mutter wird wütend auf ihren Vater sein, wenn sie sie dann mit kurzen Haaren sieht - ihre Mutter, die ihr x-mal die Geschichte von dem Medaillon erzählt hat, das er in den Mülleimer geworfen hat, und die jedes Mal mit diesem Satz schließt: Deshalb haben sich deine Eltern getrennt.

Ihre Mutter hat nie einen anderen Grund erwähnt.

Ihr Vater hat es immer abgestritten, ich habe dieses Medaillon nie berührt, hörst du, ich wusste nicht mal, wo es war, und die Kleine glaubt ihm. Aber sie glaubt auch ihrer Mutter. Für sie ist das nicht schwer, eine Sache zu glauben und gleichzeitig das Gegenteil, obwohl sie das manchmal zum Weinen bringt.

IX

Nichts weniger Unbestimmtes als die Wellen, nichts weniger Zärtliches als die Zärtlichkeiten des Kolosses. Er hat eine Art, sie zu berühren, fest nach ihr zu greifen, sie zu packen, zu zermalmen. Manchmal werden seine Bewegungen zarter, aber nicht für lang. Wenn die Kraft zurückkommt, tun sie ihr weh, ist ihm das überhaupt bewusst? Dann zieht sich sein Körper zurück, geht auf Abstand, um zurückzukommen, um sich wieder ganz nah bei ihr niederzulassen, ganz tief, in einer Bewegung des Auf und Ab, die das verrückte Bedürfnis ausdrückt, zu lieben und auszulöschen, in einem einzigen Akt: zu besitzen.

Verben, immer noch Verben, kein Platz für Komplimente und andere Schnörkel. Atemzüge, die aneinandergeraten, Stöhnen. In der Dringlichkeit der Umarmung wären Worte fehl am Platz. Der Mangel, die Lügen, die Erwartung, all das erzwingt den Übergang, tritt über die Ufer, umwickelt, strahlt. Der Koloss ist unermesslich, schweißnass. Er küsst wie ein Gott. Gift, Felswasser und Speichel vermischen sich, dann lösen sich ihre Lippen voneinander.

Der Koloss macht sich weiter unten auf die Suche.

Mit einem Zungenschlag zieht er über den Bauch der Unbekannten eine Linie. Dreht sie um, drückt sie auf den Boden, schiebt seinen Arm zwischen ihre Schenkel, stachelt sie an, ihre Hüften anzuheben. Er hindert sie daran, etwas zu geben, zwingt sie dazu, sich gehen zu lassen, und nimmt ihr Geschlecht in den Mund, knetet ihre Brüste. In dem Moment, da sie in der Lust versinkt, schiebt er einen Finger zwischen ihre Zähne und ihr Zahnfleisch. Die Haut ist hart, rau, der Fingernagel bleibt hängen - der Geschmack von Blut, die Unbekannte zieht sich zurück, und alles brandet herein, der Rot-Kreuz-Wagen, die umgekippte Tasche und der Oberkörper im Bus, der eine Diagonale bildet und eins wird mit dem Rütteln der Straße. An ihrem Hals ersetzen die Hände des Kolosses die Krause. Eine reicht, um ihn zu umfassen, zu zweit überlappen sie sich, sie ziehen sich zusammen, sie lösen sich, als ob sie der Unbekannten ein tiefes Geheimnis entziehen wollten, in Form eines Nektars oder einer Verjüngungsmilch.

Der Koloss hat die Augen geschlossen.

Die Unbekannte hört ein Geräusch, eine Fledermaus vielleicht, sie hebt den Kopf, nein, keine Fledermaus, es ist die Kleine, die sie sieht, dann wendet sie sich ab, sie will es nicht wissen, nicht zeigen, dass sie sie gesehen hat, die Kleine, die, von einem Fuß auf den anderen hüpfend, ihnen zusieht, wie sie sich lieben, als ob sie ihrer eigenen Empfängnis beiwohnen würde. Sie trägt ein Laken als Kleid, und sie geht nicht weg, und anstatt der Unbekannten die Lust zu vertreiben, steigert ihre Anwesenheit sie sogar. Sie würde sie gern zurückstoßen, das ist jetzt nicht der richtige Ort, nicht der richtige Zeitpunkt, sie will das Bild vom Geschlecht der Kleinen verjagen, ihre blonden Schamhaare, die sich wohlgeordnet um ihre Spalte gruppieren, selbst wenn es sie erregt, vor allem weil es sie erregt. In ihrer Not denkt sie sich den Reisenden herbei, seine dünnen Lippen und seine Zärtlichkeit, diese erste Nacht in der Höhle. Eine Wucht überrollt sie. Ihr Bauch drückt sich gegen den Bauch des Kolosses, zieht sich zurück, kommt wieder näher, bis ihm ein langgezogener Klageruf entfährt. Mit seinem ganzen Gewicht lässt er sich auf die Seite fallen, keuchend, sein Glied immer noch aufgerichtet. Er weiß nicht, dass seine Tochter hinter ihm steht. Die Unbekannte rollt sich zusammen. Der Koloss kommt wieder zu Atem.

Papa?

Die Stimme ist zart, zitternd. Der Koloss dreht sich abrupt um. Die Kleine hält sich gerade, zu gerade, ihren Kopf wie eine kostbare Vase auf den

Schultern platziert. Als er sieht, dass sie sich die Haare abgeschnitten hat, springt er hoch, packt sie an den Schultern, schüttelt sie und beschimpft sie heftig. Die Unbekannte steht auch auf, schiebt sich zwischen Vater und Tochter. Mit ihrem nackten Körper bildet sie eine Sperre. Du fasst sie nicht an, befiehlt sie, wenn du sie anfasst …

Der Koloss geht davon. Ratlosigkeit ersetzt den Zorn, er beginnt zu schwanken wie die Kleine in ihrem Schwimmring.

Was wird deine Mutter sagen?, wiederholt er. Hast du daran gedacht, was deine Mutter sagen wird?

Die Kleine kniet sich hin, immer noch in ihr Wäschestück geschlungen, und bittet mit gefalteten Händen um Verzeihung. Sie würde gern ihre Haare wieder ankleben, damit alles wie früher wird. Es ist schrecklich, sie derart wehrlos zu sehen, reduziert darauf, zu flehen. Er hilft ihr auf, entschuldigt sich auch, und sie versöhnen sich, sind versöhnt, und nun schlafen sie, aber wie können sie so gut schlafen? Der Unbekannten blieb kein Wort zu sagen, der Koloss hat sie gerade noch mit einem Blick bedacht, ehe er weggesackt ist. Ihr bleibt nur eins zu tun: sich anzuziehen. Zu packen. Fortzugehen.

Zwischen den beiden ist kein Platz für sie.

Dennoch liegt sie ein paar Stunden später noch

da, ihren Bauch gegen den Rücken des Kolosses gedrückt, alle drei friedlich schlafend. Sie wird nicht die Kraft gehabt haben, sie zu verlassen. Nicht diese Nacht. Nicht dieses Mal. Nicht möglich. Und will sie das überhaupt? In den Armen des Kolosses hat etwas nachgegeben. Vielleicht war es eigentlich das, was sie in der Höhle suchte. Sich selbst vergessen. Sich selbst aufgeben.

Sie waren zu dritt am Strand, wie die Spitzen eines gleichschenkligen Dreiecks, die Basis verbindet Vater und Tochter, die zwei anderen Seiten laufen auf die schöne Unbekannte zu. Jetzt sind sie nicht mehr als ein Punkt. Das Dreieck hat seine Winkel eingefaltet, die Luft herausgelassen und die Oberfläche entfernt, um von sich nicht mehr als einen zusammengedrückten Stoß zurückzulassen, der das Ende herbeiruft.

Der Koloss wacht auf, danach seine Tochter, dann die Unbekannte. Sie sagen nichts, zumindest nichts Besonderes, jeder gibt nach Kräften vor, dass alles völlig natürlich ist, ja sogar noch mehr: dass all das bestens ist. Nach und nach klappt das Schauspiel. Die Unbekannte gleitet in den Körper der Kleinen über. Sie fängt an, wie sie zu gehen, wie sie zu schauen und, aufrecht am Ufer stehend, wie sie das Meer zwischen ihren Wimpern vorbeiziehen und die Oberfläche des Wassers aufschäumen zu lassen. Noch ein paar Tage und sie wird die Farben der Wörter sehen. Geraten in eine sie überwältigende Geschichte, hält sie sich fest an dem, was sie kennt, was sie gewesen ist, ein kleines Mädchen, das von seinem Vater geliebt wurde.

Der Tag verläuft ohne Zwischenfälle. Sie essen gut. Sobald das Geschirr sauber ist, wird es weggeräumt. Sie gehen Holz suchen, um Feuer zu machen. Der Koloss spielt Mundharmonika, die Kleine tanzt, doch wenn sie ihren Kopf bewegt, fehlen ihre Haare.

Mondlose Nacht, tintenschwarz. Irgendetwas wird geschehen. Ein Tag vergeht, das ist alles.

Strahlender Morgen. Die Unbekannte sieht nichts mehr, riecht nichts mehr, die Landschaft um sie herum ist verschwunden. Alles ist erstarrt, außer Reichweite, Kulisse und Requisiten hängen an den Lippen des Kolosses. Sie folgt ihm ins Landesinnere, und es geschieht, was zwischen zwei Liebenden geschieht. Als sie zur Höhle zurückkehren, bleiben sie auf Abstand. Sie bewegen sich wie Gespenster, verbergen ihren Schwindel hinter belanglosem Gerede. Geduld und Liebenswürdigkeit bilden eine Gemeinschaft, um die Kleine zu beruhigen.

Zunehmender Sichelmond, wolkenloser Himmel. Man ebnet ein, man harkt, man ordnet die Steine. Man hält fest, und man lässt los. Man exponiert sich, man zieht sich zurück. Der Strand ist ein Fußboden, der jeden Tag mit viel Wasser gewaschen wird. Man kann ihn in alle Richtungen durchqueren, keine Schnur wird den Weg unterbrechen, keine Mauer, kein Hindernis. In diesem Klima allgemeiner Unentschlossenheit scheint allein das Meer noch lebendig, wenn es unablässig auf dem Sand neue Schätze ablegt, Algen, Plastikteile, einen einzelnen Schuh, den die Unbekannte zur Seite legt, als hoffte sie darauf, den zweiten zu finden, damit das Paar wieder vollständig ist. Abends legt sich jeder in seine Ecke zum Schlafen, aber wenn sie morgens erwachen, liegen sie alle beieinander, Bauch an Rücken. Sie können nicht anders.

Der Ziegenbock mit dem Gehänge läuft an der Spitze der Herde. Er überquert den Strand, als ob er sein Zuhause wäre, und daran lässt seine Art, dem Horizont die Stirn zu bieten, keinen Zweifel, selbst wenn er diesen Teil seines Territoriums selten erkundet, da ihm die steilen Höhenlagen lieber sind, an denen er seine akrobatischen Fähigkeiten herausstellen kann. Wie stattlich er aussieht, wenn er sich aufrichtet! Im flachen Gelände zu dominieren setzt andere Qualitäten voraus.

Am Ende des Zuges kommen die Geißen mit ihren Zicklein. Sie sind im Frühjahr geboren, manche von ihnen tauchen zum ersten Mal ihre Schnauze in Salzwasser. Sie sind überrascht, niesen, machen einen Satz, ziehen sofort alle Sympathien auf sich.

Der Koloss liegt auf der Lauer. Er stürzt sich auf eine schwarze Ziege, packt ihre Hörner und ruft, während er sie zwischen seine Beine klemmt, seine Tochter zu Hilfe. Die Kleine rennt herbei, stülpt den Eimer auf das Hinterteil des Tieres – das Melken kann beginnen. Sie hat keine Angst vor den Huftritten, sie weiß damit umzugehen. Der Ziegenbock ist weit voraus, nur vor ihm hütet sie sich. Der Eimerboden füllt sich mit einer lauwarmen, schäumenden Milch. Die Unbekannte kommt näher, schlagartig spritzt die Kleine sie voll und fängt an zu lachen. Die Unbekannte findet das weniger komisch.

Der Geruch wird einige Tage in ihren Haaren bleiben. Der Koloss bittet sie um Ablösung, es genügt, die Knie fest zusammenzudrücken, sagt er, und sie drückt, so fest sie kann, während er in die Hocke geht, seine kolossale Stirn senkt und direkt aus der Zitze trinkt.

Was ist das, ein Sündenbock?

Die Kleine wartet auf Antwort, doch weder ihr Vater noch die Unbekannte geben ihr eine zufriedenstellende Erklärung.

Die Unbekannte hält an der Idee fest, dass die Kleine lernen müsse zu schwimmen. Um sie zu überzeugen, wird sie ihr sagen: Manche halten sich die Nase zu und stürzen sich mit dem Kopf voraus ins Wasser, und manche gehen langsam ins Meer; manche verschaffen sich schreiend und spritzend Zugang, aber alle sind nass, wenn sie herauskommen, selbst die, die nicht schwimmen können. Jeder muss seine Methode finden. Und wenn du nass bist, mindestens bis zur Taille, streckst du dich auf dem Wasser aus. Und das Wasser wird dich tragen. Du brauchst deinen

Schwimmring nicht mehr, um zu schwimmen, glaub mir, das Wasser genügt. Ich werde dir die Bewegungen beibringen, mit denen du vorankommst.

Diese Worte spricht sie mit lauter Stimme, doch die Kleine zögert.

Was gibst du mir, wenn ich zustimme?

Was hättest du gern?

Dass du mich auf den Mund küsst, wie Papa es bei dir macht.

Damit endet die Schwimmstunde.

Den Koloss beschäftigt eine andere Frage: Wie soll er der Mutter der Kleinen erklären, dass sich ihre Tochter die Haare abgeschnitten hat?

Er erfindet alle möglichen Entschuldigungen, die weder Hand noch Fuß haben, und es ist die Unbekannte, die schließlich die Lösung findet: Man muss ihr nur erzählen, dass sie sich Läuse eingefangen hat.

Läuse? Aber woher? Ziegenläuse? Krebsläuse?

Busläuse, sagt die Unbekannte, als wenn das sonnenklar wäre. Die hartnäckigsten Läuse.

Die Kleine und der Koloss verziehen das Gesicht. Busläuse! Was für eine glänzende Idee, und schon postieren sie beide sich vor dem Spiegel, aber diesmal hantiert er mit der Schere. Er versucht den Schnitt zu verbessern, ihn zumindest symmetrisch zu machen. Das Ergebnis ist ziemlich gelungen. Die

Kleine hat noch nie so fröhlich, so hübsch ausgesehen. Am nächsten Tag beginnt sie, ohne jemanden um Hilfe zu bitten, am Eingang zum Strand eine Schilfhütte zu bauen, bei den weißen Felsen. Die Gegenstände fallen ihr nicht mehr aus den Händen, etwas in ihr hat sich beruhigt. Da fragt man sich, ob es nicht das, genau das ist, was sie gebraucht hat, um erwachsen zu werden: zu spüren, dass es um sie herum Menschen gibt, die sich lieben und begehren.

Und dass sie selbst liebt und begehrt.

Am Ende des Morgens ist der Himmel zugezogen, die Temperatur ist mit einem Mal gefallen, das Meer wirkt wärmer als sonst. Drinnen ist es besser als draußen. Zum ersten Mal schwimmt die Unbekannte weit mit dem Koloss hinaus. Er hat darauf bestanden, ihr die Stelle zu zeigen, wo er die Seeigel findet, eine mit violetten Nadeln gespickte Unterwasserhöhle.

Der Kleinen ist es wichtig gewesen, bei ihrer Hütte zu bleiben, sie muss das Dach verstärken, bevor das Gewitter kommt.

Sie ist sich sicher, dass es ein Gewitter geben wird, auch wenn man es ihr nicht glauben will, und tatsächlich beginnt es zu donnern, als sich der Koloss und die Unbekannte der Wasserhöhle nähern. Dicke parallele Tropfen schlagen auf die Wasseroberfläche. Die Unbekannte will umdrehen, der Koloss hält sie am Knöchel fest. Er packt ihre Hand, schiebt sie in seine Badehose, während er mit der anderen Hand gegen die Wellen kämpft.

Schau, was du mit mir machst, hast du gesehen, was du mit mir machst? Findest du das vernünftig?

Seine Stimme wechselt in höhere Tonlagen, wenn er aufgeregt ist.

Die Unbekannte schluckt Wasser, sie klammert sich an den Koloss, der Himmel ist jetzt schwarz und wird von Blitzstreifen durchzogen. Er will, dass sie ihn in den Mund nimmt, unter Wasser, die Vorstellung erregt ihn, das Bild, wie sein Penis in den Mund der Unbekannten stößt und wieder aus ihm herausfährt, während aus ihrer Nase Bläschen aufsteigen.

Mit der gleichen Energie, mit der er sie in der Höhle umgedreht hatte, hält er sie unter Wasser. Die Unbekannte würde gern ihr Leben unter den Schutz einer anderen Farbe stellen, aber nein, da ist dauernd dieses von Fasern durchzogene Rot vor ihren Augen. Man sagt, dass man beim Sterben die Vergangenheit vorbeiziehen sehe - bei ihr ist es eher die Zukunft. Die Aufstellung dessen, was zu tun bleibt. Wer wird die Karte für meinen Vater abschicken?, fragt sich die Unbekannte. Wer wird ihm sagen, dass ich ihn liebe? Dass ich nie von ihm loskommen werde?

Aber wer spricht vom Sterben?

Der Koloss schiebt seine Hände unter ihre Achselhöhlen und schleudert sie aus dem Wasser. Die Luft strömt in ihre Lungen, sie atmet heftig, sie hustet. Angst ist in ihrem Gesicht zu lesen, Fassungslosigkeit. Sie ist am Leben, am Leben, wie der dicke Junge aus dem Mini-Market. Der Koloss streckt sich rücklings aus, hält seinen Bauch dem Regen entgegen. Er streichelt die Lippen der Unbekannten, streicht ihr Haar nach hinten. Sag mir nicht, dass du Angst hattest … Hattest du wirklich Angst? Was erzählst du da, ich versteh dich nicht … du willst zurückgehen? Nicht mehr die Seeigel sehen? Natürlich kehren wir um, dann komm, klammere dich an mich, ich nehm dich ins Schlepptau!

Und so schwimmt er mit großen Sätzen zum Strand zurück, erfreut sich an seiner Kraft, testet seine Stärke aus, wie er es immer gern mit seiner Tochter gemacht hat, bis sie schreien musste, damit er aufhört … hör auf, Papa, ich bitte dich, bitte, aber es war vergeblich, der Koloss machte weiter, höher, kräftiger, so hoch wie möglich, so kräftig wie möglich, er verstand es nie, rechtzeitig aufzuhören. Mit seinen Gefühlen ist es wie mit seinem Appetit:

Sie müssen, um befriedigt zu werden, ausgiebig mit Nahrung versorgt werden. Er ist nicht unersättlich, er ist nur groß. Sehr groß.

Der Regen hat aufgehört. Sie helfen der Kleinen, die nicht ganz so klein ist, dabei, das letzte Schilf festzumachen. Das Ganze bleibt wackelig, mit einer ziemlich niedrigen Decke, der Koloss muss sich ducken, wenn er die Hütte betritt. Er setzt sich vorsichtig hin, mit aufgestellten Knien, um Platz für die Frauen zu lassen. Sie sind schön alle drei. Derart nah beisammen, derart zu nah beisammen, aber für wen ist es »zu nah«? Für den Raum, der sie umgibt? Für den Ziegenbock, die Schildkröten, die eingebildeten Läuse? Niemand ist da, der sieht, wie sich die Unbekannte und die Kleine aneinanderlehnen, Stirn an Stirn. Der Koloss schließt seine Arme um ihre Schultern. Keusch hüllt er sie ein. Sein Gesicht leuchtet auf. Wie auf einer dieser Zeichnungen in Kinderbüchern, wenn sich ein im Grunde sanftmütiger Menschenfresser in seine Beute verliebt. Der Panzer bröckelt, sie teilen die Aufregung. Sie erzählen vom Gewitter, von der Gewalt der aufs Meer fallenden Tropfen, und die Köpfe lösen sich voneinander. Die Stimmen werden brüchig, obwohl man sich um Heiterkeit bemüht. Der Ernst hat die Oberhand gewonnen. Die Hände suchen nach Beschäftigung.

Sie spielen Schere, Stein, Papier.

Bei einem anderen Spiel schlagen sie mit der eigenen Hand auf den Handrücken des anderen, wobei sie ihre Bewegungen einschränken, aus Angst, die Hütte zu beschädigen. Sie schlagen immer stärker. Die Haut wird rot. Man gewinnt, man verliert, es wird auch geschummelt, um die Kleine gewinnen zu lassen.

Sie hören mit dem Spielen auf.

Das Schweigen ist erdrückend, die Blicke weichen einander aus. Sie wissen, dass sie die Augen nicht ewig verschließen können, dass es, je länger man damit wartet, es zu sagen, umso schwerer fallen wird, die Worte auszusprechen.

In ihren verzauberten Kreis dringt ein seltsames, flügelloses Insekt ein, das dennoch Geräusche macht. Es umkreist die Haufen, eine große, eine mittlere, eine kleine, ein paar von ihnen teilen einige ihrer Chromosomen, und alle teilen sie ihre Gedanken. Denn die Unbekannte, der Koloss und seine Tochter denken natürlich an das Gleiche. Bald müssen sie nach Hause zurückkehren.

Als die Unbekannte aufwacht, ist sie allein in der Höhle. Die Luft erscheint ihr leichter als sonst. Sie ruft, ihre Stimme bleibt hängen.

Sie sind fortgegangen.

Nein, sagt sich die Unbekannte und sieht sich um, sie sind nicht fortgegangen, sie sind verschwunden. Und verschwunden ist auch der Stoffbeutel, in dem der Koloss seine Sachen aufbewahrt hat.

Sie hebt die Matratze der Kleinen hoch: kein Eckspanner mehr.

Die Unbekannte tritt aus der Höhle heraus, ohne sich die Zeit zum Anziehen zu nehmen. Sie sucht sie am Strand, in der Hütte, hinter den Felsen: niemand da. Endlich findet sie vor der Badewanne die Nachricht, die ihr die Kleine hinterlassen hat. Keine Buchstaben, sondern eine Unterschrift gefolgt von einem Herz, das von einem Pfeil durchbohrt ist.

Ein schiefes Kreuz, ein Stern mit fünf Zacken, ein Strich. Und das kindliche Herz.

Der Zeigefinger der Unbekannten gleitet in die Vertiefungen. Der Sand hat Zeit gehabt, zu trocknen. Sie glaubt, die klare Stimme der Kleinen zu hören, einen Augenblick lang denkt sie, dass sie ihr einen Streich gespielt haben, natürlich sind sie da. Sie geht zurück.

Die unendliche Weite.

Ein unerwartetes Gefühl überwältigt sie, etwas sehr Zartes, das sich wie Traurigkeit anfühlt, aber keine Traurigkeit ist. Ein Gefühl der Erleichterung. Der Befreiung, als sei ihr Körper bislang von einer unsichtbaren Kette zurückgehalten worden. Eingesperrt im Freien, aber trotzdem eingesperrt, gebunden durch ein Schicksal, das sie daran hinderte …

Das sie woran hinderte?

Ihre Kehle entkrampft sich. Sie holt Luft, ihre Lungen sind größer geworden.

Sie sitzt auf dem Stuhl am Höhleneingang und schätzt das Ausmaß der Veränderung ab. Nichts hält sie mehr an diesem Ort. Der Wind hat sich gedreht, er befiehlt ihr, ebenfalls fortzugehen, diesen Ort zu verlassen.

Die Unbekannte stopft ihr Tagebuch und ein paar Kleidungsstücke in ihren Rucksack. Es gefällt ihr, ihre Bücher zurückzulassen, sie werden ihr Leben ohne sie fortsetzen. Sie räumt ihre Taschenlampe und ihren Schlafsack in den Koffer, ihre Halskrause wird sie nicht mehr brauchen. Vergräbt die Schlafmittel, indem sie die Tabletten eine nach der anderen aus ihren Plättchen löst. Sie will sie nicht zurücktragen, sie würden ihr Unglück bringen.

Sie geht am Wasser entlang, ihre Schuhe in der Hand, vorbei an den weißen Felsen. Sie erinnert sich daran, wie enttäuscht sie war, als sie entdeckte, dass die Höhle besetzt war. Der Ort des Rückzugs war ihr verwehrt, er wurde zu einem Ort der Begegnung. Und jetzt ist er frei. Sie wollte den Strand ganz für sich allein? Jetzt hat sie ihn. Aber sie braucht ihn nicht mehr.

Als sie am Vorabend am Feuer lagen und die Sterne betrachteten, hatte der Koloss sie gefragt, ob sie aus Langeweile mit ihm geschlafen habe.

Das würden die letzten Worte sein, die sie aus seinem Mund gehört hat. Sie hat nicht geantwortet. Sich hinter den Paravent in eine Ecke zurückgezogen.

Aus Langeweile, sonst noch was? Aus Spaß? Aus Neugier? Wie ist das, den Penis des Kolosses in sich zu haben? Gleitet er leicht hinein? Ist er nicht zu dick?

Dann noch die Stimme der Kleinen, als sie am Fluss entlanggingen, im Wald der verbrannten Palmen. Ihre Art, sich mit der Hand über den Po und die Schenkel zu fahren, um den Sand abzustreifen. Ihre Art, die Lippen an den Felsen zu drücken, direkt aus dem Spalt zu trinken …

Die Unbekannte zieht ihre Schuhe an, um den

Felsen in der Form eines Schulterblatts hinaufzuklettern. Wer sagt, dass sie nicht morgen oder übermorgen zurückkommen werden?

Sie sagt das.

Das will sie denken.

Es ist nicht das Ziel der Unbekannten, dass die Gleichung aufgeht, sonst würde sie selbst verschwinden, von der Lösung verschlungen. Der Mangel, die Unklarheit, der Verlust, das Schweigen, all das kennt sie. Als ob sie es suchen würde. Die Verzweiflung ist eine der gelungensten Formen des Stolzes, und sie ist nicht stolz, nein, nur ein wenig starr manchmal, anfällig für einen steifen Hals. Sie will an die Möglichkeit von Veränderung glauben. Nichts ist jemals abgeschlossen.

Die Kleine hat ihren Schwimmring in der Hütte zurückgelassen. Und der Koloss auf der Düne seine Füße. Oder den Abdruck seiner Füße, tief eingeprägt in den Sand. Er offenbart seine Schwäche, denn offensichtlich wäre der Koloss auch gerne geflogen, leicht gewesen, leicht …

Die Unbekannte verabschiedet sich vom Strand. Heute Abend wird niemand in der Höhle schlafen. Kein Mensch, versteht sich.

Ein Schwarm Schwalben hat sich der Schluchten bemächtigt, und mit ihm ist die ganze Landschaft zurückgekehrt. Materie, Räume, Farben - sie verdichten sich in dem Maße, wie die Vögel durch den Raum fegen, ihr Schwanz gegabelt wie ein Pinsel. Sie tauchen mit spitzen Rufen hinab, schnappen sich eine Mücke, schweben weiter, ehe sie zurückschnellen. Ihre Flügel streifen die Felskanten, beschreiben die Kurven, durchkämmen die Luftströme. Die Unbekannte hebt, benommen von dem Wirbel, die Augen, und es ist, als sähe sie die Schlucht zum ersten Mal. Den Felsen kann sie Namen geben. Den Lichtern Adjektive.

Honiggeruch: der Stechginster blüht.

Ihr Gang ist fließend, ihr Schritt ganz sicher. Ihre Kleider schlabbern, selbst ihre Shorts sind zu groß. Das Meer hat ihr einen neuen Körper geformt. Einen Körper, den sie nicht mehr als ein von ihr getrenntes Objekt betrachten kann, das hat sie seit dem Bad mit dem Koloss verstanden. Sie kann ihn nicht geben, weil er ihr nicht gehört. Er ist sie. Sie wird nie einen anderen haben.

Ich werde nie einen anderen haben, wiederholt sie, um ihren Gang abzustützen, ich werde nie einen anderen haben, und ich werde nie einen anderen Vater haben, und ich werde nie eine andere Mutter haben, so steigt sie Schritt für Schritt die Küste hinauf, stützt sich auf ihre Stimme, bezähmt sie, ich werde nie anderes Blut haben, ich werde nie ein anderes Leben haben. Ein Krächzen holt sie aus ihrer Litanei: Eine Krähe verlässt ihren Felsvorsprung, lässt im Flug einen Regen aus Steinchen niederprasseln, die von der Bergwand abprallen. Weiter oben umkreist ein Raubvogel eine unsichtbare Beute – als hätten sich die Vögel abgesprochen.

Auch die Insekten nutzen die goldene Morgenstunde aus, um ihre täglichen Aufgaben zu erledigen; später werden sie sich unterstellen. Ein Käfer schiebt seine Pulvillen zu einem Salbeibusch, er läuft rückwärts, die Unbekannte geht in die Hocke. Sein Panzer ist merkwürdig gezeichnet, ein Totenkopf vielleicht oder ein Labyrinth mit zwei Kreuzen, die den Eingang und den Ausgang markieren. Weiter entfernt stellt sich eine Gottesanbeterin auf die Hinterbeine, ganz oben auf einem mit Stacheldraht umwickelten Zaunpfahl. Sie betet nicht, sie applaudiert.

Weiße Wolkenfäden laufen am Himmel um die Wette. Die Unbekannte geht weiter, eine Sache bedauert sie, und zwar, dass sie die Schlafmittel hinter der Höhle vergraben hat. Nicht, dass sie sie gern nehmen würde, weit gefehlt, oder dass es sie beruhigen würde, sie in ihrem Rucksack zu wissen, nein, aber sie denkt an die Ameisen. Sie stellt sich die bewegungsunfähige Kolonne vor. Die niedergestreckten Ameisen. Sie beißt sich auf die Innenseite der Wangen, etwas heftiger als sonst. Ihre Hand streicht mechanisch ihren Hals entlang.

Das Hinweisschild auf die Taverne ist immer noch da, nicht stärker durchlöchert als auf dem Hinweg. Die Unbekannte macht sich darauf gefasst, auf den Ziegenbock zu treffen, aber nichts, keine rechteckigen Pupillen, kein Büschel als Schwanz.

An der Abzweigung zu einem verfallenen Schafstall frisst eine Eidechse eine Spinne im Geröll. Die dünnen Füße ragen aus ihrem Mund, sie zappeln ein wenig, ehe sie in dem lebendigen Abgrund verschwinden. Die Spinnfäden bleiben an den Schuppen hängen, hinterlassen auf der Eidechse ein Spitzenkleid. In ihrem Festmahl gestört, schiebt sie sich unter einen Steinhaufen, der Schleier zerreißt, und die Unbekannte nimmt das alles mit sich, den zerrissenen Schleier, die Schwalben, die Gottesanbeterin und das Krächzen der Krähe.

Die Vielfalt der Felsen, ihre Fähigkeit, nebeneinander zu existieren.

Die Vermählung des Windes mit den Windrädern auf dem Bergkamm.

Die aufgefächerten Schluchten, die blauen Disteln, die Andeutung eines Feigenbaums.

Die Kleine wird ihr fehlen.

Das Dorf entspricht in allem den Erzählungen des Kolosses, mit einer Abweichung: In der Touristenboutique ist keine junge Frau, sondern zwei Engländerinnen, die sich sehr zu lieben scheinen. Eva ist nicht da, sie hat sich heute Morgen auf den Weg gemacht. Die Unbekannte bleibt lange da, um Strohhüte auszuprobieren. Schließlich wählt sie dieses Armband aus, das der Koloss ihr hätte schenken können, ein doppeltes Silberband, das sich als Spirale um ihr Handgelenk windet.

Als sie die Boutique verlässt, bleiben ihr nur noch zwei Geldstücke, gerade genug, um sich etwas zu essen und einen Busfahrschein zu kaufen.

Ihr gefällt das Gefühl, alles ausgegeben, alles leergemacht, die Neige ihres Geldbeutels erreicht zu haben. Sie geht zur Kirche hoch. Der Hund liegt in der Nähe der Vorhalle, wie es sich gehört. Als sie zum Marktplatz hinuntergeht, folgt er ihr, Abstand haltend. Er hinkt leicht. Wespen drängen sich um die Schnur, an der die Kraken hingen. Weiter unten neben den Lebensmittelgeschäften sitzt ein Mann in einem Gartenstuhl. Er bewegt eine Fliegenklatsche aus Plastik vor seinem Gesicht – ein perfekter Liebhaber, sagt sich die Unbekannte, für die Frau mit dem Ventilator. Sie stellt sich die beiden vor, die Königin der Luft, den König der Fliegen, wie sie Hand in Hand durch die Straßen des Dorfes gehen.

Oder wie sie beide am Eingang der Kirche thronen. Der Ventilator, der sich dreht, die Klatsche, die zuschlägt.

Die Unbekannte hat sich auf die Terrasse des Restaurants gesetzt. Auf der Gürtelschnalle des Kellners, zwischen den Schlaufen der Jeans, kann man LOVE lesen, in Metallbuchstaben. Sie bestellt einen Orangensaft und einen gemischten Salat. Eine Mischung aus was, das wird sie sehen. Während sie wartet, sucht sie in ihrem Rucksack nach einem Kugelschreiber, durchwühlt die Taschen ohne Erfolg und zieht endlich die Postkarte für ihren Vater hervor. Die Briefmarke hat sich abgelöst, vollständig, sie muss irgendwo zerdrückt in ihrem Rucksack sein.

Dann eben nicht, sagt sich die Unbekannte, ich werde ihm die Postkarte eigenhändig bringen.

Sie lächelt. Das »dann eben nicht« lässt sie lächeln.

Der Kellner leiht ihr einen silbernen Druckbleistift mit einem Radiergummi am Ende – ein Geburtstagsgeschenk, sagt sie sich noch, und sie denkt wieder an ihre Uhr, die sie an der Anlegestelle auf der Toilette zurückgelassen hat.

Sie schreibt, radiert, leicht sieht es nicht aus, aber am Ende werden die Worte an ihrem Platz sein. Der Hund verfolgt aufmerksam ihre Bewegungen. Was könnte sie ihm geben? Ein Stück Brot? Eine Streicheleinheit?

Er ignoriert das Brot, lässt sich streicheln, ganz fallen in diese unverhoffte Geste. Hier misstrauen die Menschen den Hunden. Der Kellner steht vor dem Fernseher, die Daumen in seinem Gürtel, während die anderen Finger die Metallbuchstaben flankieren. Über dem Gerät hängt ein Gewehr und darum herum sind Messer mit Horngriffen angebracht.

Der Bus wird Verspätung haben. In dem brandneuen Wartehäuschen mit Meerblick ruht sich die Unbekannte aus. Von ihrem früheren Leben weiß man nicht viel. Von ihrem späteren Leben noch weniger, außer dass sie mehrere Male an den Strand zurückkehren wird. Sie wird denselben Weg gehen, in das dasselbe Wasser eintauchen. Sie werden nie mehr da sein. Sie wird nicht immer allein dort sein.

Im nächsten Jahr wird man die Taverne wiederaufbauen. Eine Weinlaube wird das Vordach ersetzen.